COPYRIGHT © 2015 BY MAX BRALLIER

ILLUSTRATIONS COPYRIGHT © 2015 BY DOUGLAS HOLGATE

PENGUIN SUPPORTS COPYRIGHT. COPYRIGHT FUELS CREATIVITY, ENCOURAGES DIVERSE VOICES, PROMOTES FREE SPEECH, AND CREATES A VIBRANT CULTURE. THANK YOU FOR BUYING AN AUTHORIZED EDITION OF THIS BOOK AND FOR COMPLYING WITH COPYRIGHT LAWS BY NOT REPRODUCING, SCANNING, OR DISTRIBUTING ANY PART OF IT IN ANY FORM WITHOUT PERMISSION. YOU ARE SUPPORTING WRITERS AND ALLOWING PENGUIN TO CONTINUE TO PUBLISH BOOKS FOR EVERY READER.

COPYRIGHT © FARO EDITORIAL, 2020

Todos os direitos reservados.
Nenhuma parte deste livro pode ser reproduzida sob quaisquer meios existentes sem autorização por escrito do editor.

Milkshakespeare é um selo da Faro Editorial.

Diretor editorial: **PEDRO ALMEIDA**

Coordenação editorial: **CARLA SACRATO**

Preparação e revisão: **MONIQUE D'ORAZIO**

Capa e design originais: **JIM HOOVER**

Adapatação de capa: **OSMANE GARCIA FILHO**

Adaptação de projeto gráfico e diagramação: **CRISTIANE | SAAVEDRA EDIÇÕES**

Dados Internacionais de Catalogação na Publicação (CIP)
Angélica Ilacqua CRB-8/7057

Brallier, Max
  Os últimos jovens da terra: a ameaça cósmica / Max Brallier; ilustrações de Douglas Holgate; tradução de Cassius Medauar — São Paulo: Faro Editorial, 2020.
  272 p.: il.

  ISBN 978-65-86041-41-5
  Título original: The last kids on Earth

  1. Literatura infantojuvenil I. Título II. Holgate, Douglas III. Medauar, Cassius

19-2020	CDD 028.5

Índice para catálogo sistemático:
1. Literatura infantojuvenil 028.5

1ª edição brasileira: 2020
Direitos de edição em língua portuguesa, para o Brasil, adquiridos por FARO EDITORIAL

Avenida Andrômeda, 885 – Sala 310
Alphaville – Barueri – SP – Brasil
CEP: 06473-000
WWW.FAROEDITORIAL.COM.BR

Para minha Lila Bean

—M. B.

Para Turtle e Panda.

—D. H.

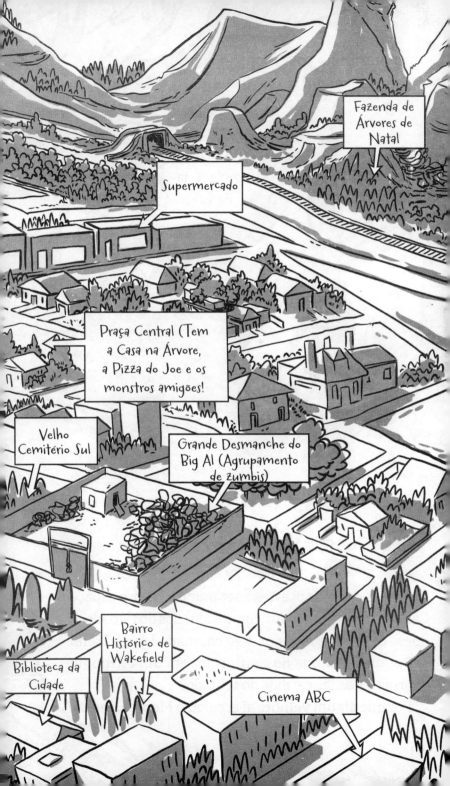

Capítulo Um

Então, estamos prestes a ser mandados pro espaço. Catapultados e *lançados*. Impulsionados do telhado de nossa casa na árvore por algo chamado Lança-Trenó.

Por quê? Por que nos enfiarmos em um estilingue enorme e nos lançarmos do telhado?

Por que algum velhote aí escalou o Monte Everest?

PORQUE O EVEREST ESTAVA LÁ!!!
Na verdade, esse não é exatamente o motivo. O Lança-Trenó, obviamente, não estava "lá". Foi meu melhor amigo, Quint Baker, que construiu.

— Quint, você tem certeza de que isso é seguro? — pergunto.

Ele pensa por um momento e depois diz:

— Não. Mas *não* tenho certeza de não ter certeza.

— Qual é o problema? Está um pouco nervoso, Jack?

Essa é minha amiga/*crush*, June Del Toro. Sei que ela está me provocando, mas realmente me sinto meio nervoso. Normalmente, gosto de todo tipo de coisas de ação, não importa o perigo envolvido, mas não isso.

Dou uma olhada final no Lança-Trenó antes de entrar nele.

— Quint, isso parece uma arma de guerra para cerco medieval! Ou para defender um castelo contra um exército de orcs! Ou para invadir um castelo *com* um exército de orcs! Só seria útil se estivéssemos sitiados, mas *não* estamos.

June sorri.

— Mas estamos sob a *neve*.

— Não é a mesma coisa — respondo. — Não tá nem perto de ser a mesma coisa.

— Mas *eles* acham que é — June continua.

Eles são os nossos amigos monstros. As dezenas de monstros aqui em cima junto com a gente, na casa na árvore, nos ajudando nos preparativos para a decolagem. E muitos outros monstros lá embaixo, na Praça Central de Wakefield.

E é verdade. Os monstros provavelmente estão mais preocupados com a neve do que com um exército de orcs. Não estão ajudando a me dar confiança...

Ei! Ninguém vai ficar com o Rover, meu monstro de estimação, e definitivamente ninguém vai dormir

na minha cama! Olho feio para Skaelka. Ela é a que tem o machado grande.

Meu amigo grandalhão Dirk Savage, o membro final do nosso quarteto, diz:

— Chega de conversa! Nós vamos! Colocar capacetes.

— Capacetes colocados! — respondemos.

— Colocar coletes salva-vidas infláveis! — grita Quint.

— Colocados! — dizem meus amigos.

— Equipado! — respondo, mas é só meia-verdade.

Veja bem, foi o Quint quem fez esses coletes salva-vidas infláveis. São basicamente airbags para o seu corpo. Mas eu sou Jack Sullivan! Eu não preciso disso!

Só que o Quint é o Sr. Preocupação, então concordei em usar.

O que eu não disse a ele é que enchi o meu com deliciosos petiscos! Sinceramente, quais são as chances de eu precisar de um colete salva-vidas inflável instantâneo? Não muitas. Mas as chances de querer lanches deliciosos? QUASE CERTEZA. Além disso, vou poder andar por aí parecendo muito menos ridículo do que meus amigos... viu?

— Podem disparar quando estiverem prontos! — Quint fala para os monstros. Há um grande sorriso em seu rosto. É o sorriso de alguém que sempre quis dizer "podem disparar quando estiverem prontos", mas só agora teve a chance.

Skaelka puxa o trenó para trás. A casa na árvore chocalha. Ouço zunidos, ouço barulho, ouço engrenagens girando. Isso vai acontecer e não há como parar. E então...

Meu estômago não *apenas* se contorce. Ele dá um duplo *twist* carpado, um 360° e depois explode como em uma barrigada na piscina. Voamos no céu por tanto tempo que me sinto como o E.T., e então...

SMASH!

Desabamos em cima de um restaurante chinês, atravessamos uma hamburgueria e explodimos através de uma lanchonete. Total destruição ao estilo trenó.

À nossa frente está um caminhão, inclinado de lado, coberto de gelo. Parece ter saído de um game de corrida.

E vejo outra coisa logo depois do caminhão.

Um monstro.

Um monstro, parado e gigante na neve esperando por nós. Um único punho gigante está no chão. O monstro se inclina para a frente, rosna e...

Na verdade... quer saber de uma coisa? ESPERE AÍ! Agora é uma boa hora para explicar algumas coisas. Tipo, por exemplo, POR QUE estávamos voando pelo céu em um trenó mortal. É hora de um lindo resumo dos acontecimentos...

ANTERIORMENTE EM... OS ÚLTIMOS JOVENS DA TERRA:

Tudo começou há sete meses... com o Apocalipse dos Monstros. Portais interdimensionais se abriram acima da Terra, mais ou menos assim...

Esses portais lançaram umas *coisas loucas* em nosso mundo: monstros enormes, criaturas assustadoras e coisas estranhas, barulhentas e viscosas. E ainda — e isso é bem importante — veio a *horrível praga de zumbis* que transformou a maior parte da humanidade em mortos-vivos.

Existem monstros bons e maus. Os bons agora são nossos amigos! Eles vivem em nossa cidadezinha, Wakefield, na Praça Central.

Os monstros maus são muito *maus*. Eles adoram o diabólico ultravilão Ṟeżżőcħ, o Antigo, o Destruidor de Mundos. Mas, a boa notícia é...

Ṛeżžőcħ ainda está preso na outra dimensão! Ele tentou vir ao nosso mundo fazer coisas ruins, porque é isso que os vilões fazem, mas nós detonamos o plano dele!

Por um tempo, a vida foi ótima! Eu, meus amigos e nossos camaradas monstros lutamos contra o mal e nos divertimos. Só que, um mês atrás, tudo mudou...

Nós encontramos um RÁDIO.

E esse rádio captou uma transmissão de OUTROS HUMANOS...

Olá. Somos um grande grupo de humanos que sobreviveram ao Apocalipse dos Monstros. Estamos em Nova York, dentro da Estátua da Liberdade. Todos são bem-vindos...

Então, na semana passada, estávamos animados planejando uma VIAGEM DE CARRO! Com destino a NOVA YORK. Arrumamos tudo em nossa picape de batalha, a Big Mama, e estávamos prestes a começar a nossa jornada. Mas então...

Veio uma tempestade de neve. E foi uma nevasca tão forte que poderia ter sido enviada pelos próprios senhores do gelo!

Isso pode atrapalhar totalmente a nossa viagem...

Eu temo gigantes do gelo.

Pessoal, o Quint está com tanto frio que está usando meu cachecol.

Sim, tô com frio, mas essa cor também combina comigo!

Essa nevasca nos prendeu aqui e colocou nossa jornada em espera. Na verdade, isso não *me* incomodou, porque eu me sentia mal por deixar nossos monstros amigos. Entenda uma coisa, o conceito de neve era *totalmente novo* para os monstros.

E isso os assustou.

E assustou muito..

Então, nós estávamos PRESOS aqui e os monstros estavam APAVORADOS.

E, tipo, a Terra é a minha dimensão. O meu mundo. E não gostei de ver os monstros com medo da neve... eu me senti um péssimo anfitrião!

Então, eu fiquei tipo: "PROVAREI que a neve não é nada a ser temida! Vou provar da maneira mais dramática e desafiadora possível! Vamos atacar a neve de frente, e de trenó! Um trenó INSANO... algo tipo NOS LANÇAR DA CASA NA ÁRVORE EM UM TRENÓ!".

Na verdade, eu menti: a primeira regra é não ser mordido por um zumbi e também não ser devorado por um monstro, mas depois disso, vem a regra sobre o totalmente ridículo.

Então, subimos no Lança-Trenó, nossos amigos monstros nos atiraram, *navegamos muito longe e muito rápido* pelo céu, e agora...

— Caras! — June grita. — Estamos na mira direta com a boca daquele monstro de um braço só!

— Eu sei, eu sei! — respondo.

Jogo rápido, analiso a situação, vendo todas as manobras e ataques possíveis. Acho que é uma habilidade que aprendi assistindo a muitos filmes, lendo muitas HQs e jogando muitos videogames...

Então, enquanto navegamos em direção à mandíbula do grande monstro, percebo a ação corajosa, valente e coração de leão que deve ser tomada...

— AO MAR! — eu grito. — FUGIR! ABRACEM SEUS COVARDES INTERNOS, AMIGOS!

— Mas meu veículo, Jack! — grita Quint.

O cérebro de Quint *não* é um cérebro de herói de ação. É um cérebro diferente e incrível, mas ele simplesmente não consegue processar a ideia de abandonar algo no qual trabalhou tanto. Ele não se preocupa com a morte próxima.

Então, tenho que me preocupar por ele. Agarro o suéter dele e...

SNAP!

Capítulo Dois

Abandonar o navio foi a decisão certa. Ouvimos um som de engolir, e então a barriga da grande besta ronca. O trenó foi engolido; mais dois segundos e o monstro teria nos engolido *também*.

Um rugido monstruoso corta o ar.

— Vamos! — June grita. Ela me puxa e me põe de pé. Dirk puxa Quint da neve e corremos para uma rua mais larga.

A neve chicoteia no ar, como se eu estivesse dentro de um globo de neve. É igual quando a gente precisa acordar no meio da noite para fazer xixi, mas não consegue *ver nada*. Só que lá, o pior cenário é você cair na privada aberta. Aqui, o pior cenário é ser morto por um monstro.

CRUNCH!
CRUNCH!
CRUNCH!

Nossos corpos sacodem. Os barulhos da neve sendo esmagada são horríveis. O monstro está vindo atrás da gente, mas só consigo ver suas enormes pernas.

— Pessoal! Precisamos nos esconder! — grito.

Estou usando o Fatiador como bengala, cambaleando para a frente tateando com ele. E não é para isso que serve o Fatiador: é para lutar contra monstros! É minha melhor arma. Detonei o Blarg com ele. Batalhei contra o Thrull. Cortei os laços que prendiam o Rei Monstro Alado com ele.

BLARG: Fera gigante brutal.

THRULL: Homem-monst Traidor infiltrad

REI MONSTRO ALADO:
Este cara me fez ter sonhos/visões estranhos e aí seu peito se abriu para que Rezzōch pudesse falar comigo e, sim, foi bem louco.

O FATIADOR:
Minha arma radical. Ela causou dano em **todos** esses caras maus..

Quer dizer, esse taco é basicamente o meu sabre de luz!

CRUNCH!

As pisadas do monstro ficam mais altas. Mais à frente, vejo uma abertura... algo como a boca de uma caverna... Mas que coisa... *onde* estamos? Pensei que estávamos nos subúrbios, mas agora nos deparamos com algum tipo de caverna?

— Opa, opa... — Dirk fala. — Podem ser gigantes do gelo. Os gigantes do gelo vivem em cavernas.

June suspira.

— *Sério mesmo*, caras? Não é uma caverna! É o lava-rápido!

Outro *CRUNCH!*

— Vamos pra lá! — chamo, e então corremos para o túnel do lava-rápido.

Mesmo lá dentro, o frio continua complicado. Os dentes de Quint estão batendo. Precisamos muito atualizar nossas roupas de inverno, senão, esse gelo pode nos derrubar antes de um monstro fazer isso...

ROARRR!

O rugido do monstro atravessa o lava-rápido e ecoa nas paredes.

— O grandalhão nos encontrou! — June exclama. — Ele está na entrada.

O hálito quente da fera aquece o ar, transformando o túnel do lava-rápido em uma névoa úmida.

–DEMOLIDOR!–

Através da névoa, vejo o monstro: uma fera gigante, de um braço, com uma única pata em forma de punho. E é enorme...

O Monstro, o Demolidor, se abaixa e olha pela entrada do túnel do lava-rápido.

Então vejo que há algo montado na fera. Uma figura com uma capa escura balançando ao vento.

Engulo o ar.

Avançamos cuidadosamente, tentando enxergar o fim do túnel. Observamos o braço daquele ser se levantar e abrir a capa.

O capuz é puxado para trás.

E então...

— Uau! — eu exclamo.

— Caramba — diz Quint.

Gaguejando, June fala:

— É... é... é uma pessoa. Um humano!

Capítulo Três

Isso é incrivelmente inesperado. Essa mulher em cima do monstro é a primeira humana que encontramos depois do apocalipse. Até ouvirmos aquela transmissão de rádio, nem sabíamos que outros humanos ainda *existiam*!

June agarra minha manga e a torce com força. Os olhos dela estão totalmente esbugalhados.

— Espera um pouco! — eu falo. — As intenções dessa humana podem não ser boas. Ela está, tipo, *montada em um monstro gigante cheio de presas!*

June sacode a cabeça em desaprovação.

— Você monta o Rover! Ele é um monstro cheio de presas!

— Talvez, *tecnicamente*, ele seja um monstro, mas na verdade é apenas um grande cão-monstro fofo! — eu respondo. — Esta fera aqui parece algo dos pesadelos de um demônio. E, além disso, ele comeu o trenó do Quint!

Quint está agitado ao meu lado. Quase posso ouvir as engrenagens em seu cérebro girando com curiosidade e emoção... *clink, clink, clink*.

E assim, ele vai fazer contato...

Do túnel, observamos o Quint. Então o monstro inclina a cabeça e...

HARRRUGH!

O monstro levanta o punho, e eu posso ver o que está por vir... Panqueca de Quint.

— Droga! — eu grito enquanto corro para pegar meu amigo.

— Eu calculei mal! — grita Quint. — Essa humana é uma vilã!

— Não brinca! — grito de volta, puxando-o através da neve. E esse monstro é um Demolidor!

O punho do Demolidor desce com toda força, e a neve entra em erupção, nos jogando de volta no lava-rápido.

O punho do monstro se abre e chega ao túnel. Ele gira e se debate. Felizmente, o braço não é longo o suficiente para nos alcançar.

E ele não está feliz com isso.

Mas então...

Passos lá fora. Passos *humanos*. De repente...

POP! BZZZT! Um zumbido elétrico. As luzes fluorescentes do teto acendem.

— O LAVA-RÁPIDO ESTÁ VIVO! — Dirk GRITA. De repente, o transportador da lavagem automática de carros nos empurra para a frente...

Então, eu já passei por lava-rápidos automáticos muitas vezes. Sempre dentro de um carro, claro. E pensei que seria *superespontâneo e divertido* passar por um desses a pé um dia. Mas não é assim.

As duchas são tão fortes quanto mangueiras de incêndio! Neve, sujeira e lama voam de nós.

Um rugido ecoa pelo túnel inteiro do lava-rápido, e eu vejo o monstro aparecer na saída. Agora está esperando por nós onde o transportador termina. A correia transportadora de *limpeza* agora é uma correia transportadora de *destruição*, levando a gente para um caminho mortal até uma boca cheia de presas.

— Corram de volta! Pro outro lado! — eu grito.

Mas tudo está se movendo rápido demais. É como tentar descer uma escada rolante. Nossa única opção é aceitar o transportador!

Escovões gigantes batem em nós! Depois secamos quando atingimos o ar de alta pressão e batemos em enormes tiras de toalha.

Corremos pela esteira. Cada passo é como a hipervelocidade do Flash. Atravessamos uma grande parede de coisinhas agitadas e então a correia transportadora nos *lança* para fora do túnel.

Meus pés deslizam sobre o gelo preto. Passo pelo Demolidor em velocidade, conseguindo ficar de pé. Em um instante, perco a noção de onde estão meus amigos.

Olho em volta, procurando algo que possa usar como esconderijo. Minha mão encontra metal. Hummm... *fede* como uma lixeira. Abro a tampa da caçamba de lixo e mergulho dentro. A tampa se fecha atrás de mim.

Prendo a respiração, porque não quero que o monstro ou a vilã me ouçam, mas também porque a lixeira tem cheiro de morte.

Seguro o Fatiador firme contra o meu peito. Espero um momento longo e dramático... com respiração, terror e espera, mas dura *apenas um instante*!

Há um *PUXÃO*! A tampa da lixeira é *arrebentada* e algo terrível entra...

CRAK!

A língua púrpura-cinzenta do Demolidor se retorce e me acerta na cara. Eu meio que fico esperando que em seguida venha um beijo da morte. Em vez disso, pequenos pedaços carnudos de língua envolvem o Fatiador!

Jogo minha outra mão em volta do cabo da minha arma. O Demolidor puxa, e é um puxão cruel e terrível. Meus braços são quase arrancados, como se eu tivesse insultado um Wookiee, tipo o Chewbacca *de Guerra nas Estrelas*, e então...

— Me devolve! — exijo, caindo de volta no chão. — É *minha arma*, chamo ela de *Fatiador*, e *não é pra você!*

CRACK!

Vejo June, embaixo do monstro, batendo na perna dele com sua lança de mastro de bandeira. Mas ela bem poderia estar usando uma vara de plástico muito comprida, porque não fez efeito nenhum.

Em cima do monstro, olhando para baixo, está a vilã. Ela ri, então a língua do Demolidor estala, e minha arma é jogada para cima, girando e girando até que...

— Jack, deixa isso pra lá! — June grita.

Ela me arrasta de lá. E enquanto faz isso, vejo que o inimigo deixou algo cair. Tem um cartão no chão. Eu consigo pegar, quando...

SPLATUUT!

O monstro cospe, mas não é um vômito monstruoso que voa da boca desse brutamontes. O que voa é...

NOSSO TRENÓ!

Ele cai no chão nevado, gira, capota e se *despedaça* completamente.

Quint choraminga.

— Minha criação... não existe mais.

Uma cortina de neve se ergue, nos dando cobertura suficiente para corrermos pela rua. Depois de três quarteirões, paro e olho para trás. Através da neblina de neve, vejo pedaços do monstro. Em um segundo, apenas flocos brancos; no seguinte, a sombra escura da coisa.

E a Vilã.

Lá no alto, segurando minha arma.

Ela deve saber que ainda estamos observando, porque de repente ela *grita*. Mas as palavras que saem de sua boca, elas... não são *humanas*.

Engulo em seco. Todos fazem isso. É a língua de Ṛeżżőch, o Antigo, o Destruidor de Mundos.

Capítulo Quatro

Durante toda a caminhada de volta à praça, sentimos a cabeça girar. Quero dizer, não *realmente* girar — isso seria bem estranho, porque a cabeça humana não foi projetada para girar. De fato, uma cabeça girando provavelmente seria fatal...

A menos que você seja um zumbi.

Ah, cara, cabeças de zumbis podem girar muito. Certa vez, bati em uma com meu taco de hóquei e...

Então, talvez não tecnicamente com a cabeça girando; mas, sim, estamos bem confusos. Acabamos de ser realmente detonados.

E detonados por uma humana!

Uma humana que fala a língua de Ŗeżżőcħ!

Uma humana que roubou meu Fatiador!

Me perdi totalmente em uma *vibe* de "sentir pena de mim mesmo", que não é um sentimento normal típico de Jack Sullivan. Eu *nunca* sinto pena de mim mesmo. Quanto pior as coisas, mais positivo eu sou. Essa é a minha marca registrada!

Bem, na verdade, o Fatiador é minha marca registrada. E...

DROGA, ELA ROUBOU, UMA HUMANA ROUBOU MINHA MARCA REGISTRADA!

Quero dizer, o que seria do Luke Skywalker do Guerra nas Estrelas sem o sabre de luz? Apenas um garoto de fazenda que reclama e choraminga. Ou o que seria da Katniss sem arco e flecha? Provavelmente seria a primeira Tributo a dançar! É isso que eles seriam.

Estamos chegando à Praça Central de Wakefield, o lugar onde eu, meus amigos humanos e os monstros do bem vivemos em incrível harmonia. A Cidade dos Monstros!

E na Cidade dos Monstros eu vejo rostos de monstros preocupados.

— Ahh — eu digo. — Que bacana. Eles estão tristes por mim, porque não estou com o meu bastão.

— Jack, eles não têm ideia de que você perdeu seu bastão — June fala.

— Não perdi — respondo. — Foi roubado.

June suspira.

— Você sabe o que eu quis dizer...

— Hum, não; na verdade *não* sei o que você quis dizer. Aparelhos de dente foram perdidos. Carregadores de celular foram perdidos. Isso foi *UM GRANDE ROUBO!*

June resmunga.

— Tudo bem, Jack, tanto faz. Resumindo: os monstros só estão chateados porque agora eles têm *ainda mais* medo da neve.

June está certa. Eu vejo no rosto deles. Medo.

— Não, não, o inverno não nos machucou. Foi uma humana má e um monstro gigante! — eu grito.

Então avisto Bardo. Ele foi o primeiro amigo monstro que realmente conhecemos bem. E está me olhando como se soubesse que algo está acontecendo. Ele nos chama da porta de sua casa, a Pizza do Joe.

Momentos depois, estamos lá dentro, sentados em um sofá velho e manchado de gordura. Bardo está bem na minha frente...

Bardo.

Bardo me serve um refri gelado de uva, que eu tomo de uma vez em um grande gole. Pensei em soltar um discurso muito sério e dramático; mas, ao começar a falar, meus amigos ficaram ansiosos e o que saiu foi...

O rosto de Bardo congela.

— Um humano falou essa língua? Você tem certeza?

Eu faço que sim com a cabeça.

— O que ela disse? — Bardo pergunta. — Preciso saber as palavras que ela disse!

Quint é bom com idiomas. Ele estuda francês, espanhol e búlgaro desde o terceiro ano.

— Não sei se consigo pronunciar certo — ele diz. — Foi algo parecido com... SOO ZUT BOOUTON.

June sabe espanhol, porque seus pais falavam em casa. Sua tentativa soa como "ZOUL SUT CROUTON".

— Gente, ela não disse crouton — eu falo. — Por que ela diria crouton? Eles são minipãezinhos deliciosos e eu não acho que ela estava falando de minipãezinhos deliciosos.

June suspira.

— Jack, os croutons não são minipãezinhos. São apenas pedaços de pão torrado que...

— NÃO! SÃO MINIPÃEZINHOS! — afirmo.

Dirk de repente bate o punho na mesa. Sua voz é um rosnado.

— Gente, isso é sério. Parem de falar sobre minipãezinhos. — Ele parece envergonhado de tentar falar, mas depois diz: — Bardo, eu acho que era algo como... arrã, SUU ZOULT KRUTON.

Os olhos de Bardo se estreitam. O que quer que Dirk tenha dito, parece que ele acertou. Bardo massageia suavemente um dos longos cabelos da orelha.

— Isso significa... JÁ COMEÇOU.

— Espere, *o que* começou? — June pergunta.

De repente, é como se uma escuridão fria envolvesse o salão. Eu tremo. As luzes piscam. É uma coincidência, tenho certeza, apenas gelo no gerador, mas é assustador.

Bardo balança a cabeça.

— Eu não sei o que começou, mas, por alguma razão, uma humana fala a língua de Ṛeżżóćħ. A mesma humana roubou seu bastão. E com isso, essa humana começou *alguma coisa*.

Bardo se levanta de repente...

Capítulo Cinco

Naquela noite, a estranha assombra meus sonhos, como uma vilã digna de filme de terror...

Acordo tremendo. Em parte, devido ao frio, porque sim, HOJE ESTÁ UM GELO. Minha roupa de dormir no inverno é a fantasia de Halloween do CHEWBACCA de alguém que era obviamente muito esquisito. E o aquecedor improvisado do Quint, um monte de PlayStations e Xboxes empilhados uns sobre os outros, não está funcionando.

Mas principalmente, estou tremendo de medo.

Porque era uma vilã *humana*. E uma vilã humana usando a MINHA ARMA como parte de um plano da turma dos malvados. Precisamos encontrar essa humana e recuperar meu Fatiador. E rápido! Porque se essa humana que monta monstros decidir atacar, tenho medo de não estarmos preparados...

Veja só, nossa *cidade dos monstros* é agora uma *cidade fantasma*. Os monstros estão amontoados dentro de lojas e quiosques na Praça Central de Wakefield, com muito medo da neve para saírem de lá.

Precisamos *resolver* isso.

Eu preparo chocolate quente, e o cheiro logo faz meus amigos acordarem.

— Pessoal — eu falo. — Essa garota vilã sabe coisas sobre Ŗeżżőcħ. Então, se rolar uma luta, e lutas SEMPRE ACABAM ACONTECENDO POR AQUI, precisamos de nossos amigos monstros prontos para lutar ao nosso lado. E eles *não* estão prontos para lutar.

Momentos depois, estamos lá fora em uma...

GUERRA DE BOLAS DE NEVE LEVE, AMISTOSA E MUITO DIVERTIDA!

— O inverno não é demais?! — eu grito lançando uma bola de neve.

— É uma delícia! — diz June.

Monstros começam a nos observar. Alguns estão enrolados em cobertores, espiando através das janelas geladas. Acho que até vejo alguém olhando pela abertura de uma caixa de correio. Dou um sorriso.

— Pessoal, finjam diversão! — sussurro. — Todo mundo adora uma boa luta amigável de bolas de neve!

É bem quando Quint aparece no deque da casa na árvore com os braços carregados com uma artilharia pesada de bolas de neve. Nossa batalha antiquada de bolas de neve vira algo incrivelmente pós-apocalíptico e cheio de geringonças.

Dirk empunha o nosso velho *Lançador móvel de bolas de neve*, e as coisas ficam intensas...

Estamos todos animados, rindo e congelando. E está funcionando. Um monstro sai correndo e se junta à diversão!

Infelizmente, esse monstro é o Grandão. Ele faz uma bola de neve no estilo Grandão e...

ATAQUE CONGELADO DO GRANDÃO!

BAP

E esse é o fim da brincadeira. O Ataque do Grandão nos congela até a alma. Passamos o resto do dia na casa na árvore, aconchegados perto do sistema de aquecimento com videogames, tentando nos aquecer.

E os monstros agora estão *mais* assustados ainda. Eles ficaram com medo da neve na forma de *flocos* e agora na de *bolas* também.

Quando finalmente terminamos de descongelar, Dirk faz uma sugestão: pesca no gelo.

— Pescar gelo? — eu pergunto. — Por que pescaríamos gelo? O gelo está em toda parte! O mundo inteiro é basicamente uma fase de neve do *Super Mario*.

— Não, bobão — Dirk responde. — Você pesca peixes *através* de um buraco no gelo. É a minha parte favorita do inverno. Vamos lá. Eu conheço um bom lugar.

Convencemos Skaelka e alguns outros monstros a se juntarem a nós. Eles concordam, mas somente depois que eu prometo que eles comerão PEDAÇOS GIGANTES DE PEIXE CRU.

Estamos caminhando por uma trilha arborizada, congelando nossos traseiros, quando ouço movimentos nas árvores.

— Nossa, olhem! — June aponta. — Duas criaturinhas acabaram de passar pela gente!

Skaelka para. Um estranho rosnado escapa de suas narinas, e suas mãos apertam o cabo de seu machado. De repente, ela fica totalmente alerta.

48

— O que é essa solitária? — June pergunta.

— Alguém que não é da comunidade — Skaelka responde. — Alguém que não importa.

E do jeito que Skaelka fala, fica claro que a conversa tinha acabado. Skaelka não é uma grande fã da *Solitária*.

No lago, aprendo algo desanimador: pescar no gelo é a coisa mais chata do mundo. A gente faz um buraco no gelo e fica lá sentado! É literalmente só isso! A COISA TODA! Não dá nem pra *conversar*, porque aparentemente isso "afugenta o peixe".

Após a quinta hora de nada e frio, eu digo:

— Se os monstros não me pegarem primeiro, vou morrer de tédio.

— Ei! Não fale! — Dirk me repreende. — Ouça a natureza. Ouça a paz e o silêncio e...

ATAQUE DO TENTÁCULO GELADO!

Então... pescar foi um grande fracasso gelado. A única coisa que pegamos foi um resfriado. E não tem como o Quint, com nariz escorrendo, conseguir deixar *alguma criatura* animada com o inverno.

Estou sentado na casa na árvore, lamentando tudo isso, quando Quint diz:

— BONECO DE NEVE!

— E *criaturas* da neve! — June declara.

Mantenho a boca fechada, mas tenho uma opinião sobre bonecos de neve. Em apenas uma palavra: SU-PERESTIMADOS. É uma daquelas coisas que *parece* incrível, mas nunca é tão boa quanto você pensa que vai ser. Eu sempre começo animado para construir um boneco de neve ótimo, mas algumas horas depois...

Mas, na verdade, essa ideia dá muito certo! Dirk é, tipo, um mestre artesão da neve. Ele até pega um kit de ferramentas e esculpe uma escultura de gelo linda. O cara é cheio de talentos ocultos.

E tudo vai bem... até os monstros receberem um monte das nossas construções... e então as coisas ficam *ruins*...

— Que tal patinação no gelo? — June pergunta. — Patinar no gelo é divertido. E antes que você mande alguma negatividade, não estou falando de patinação no gelo comum. Estou falando de *patinação no gelo do fim do mundo*. Pela velha estrada que leva à praia e ao calçadão!

Dirk topou, porque ele é um mestre de hóquei. June topou, porque geralmente é atlética, ágil e acima da média em tudo. Quint topou porque não gosta de ficar de fora das coisas.

Isso dá errado, é claro.

E dá errado porque um enorme horror hibernando acorda e fica *muito bravo*...

53

Estou derrotado e totalmente sem ideias para transformar nossos amigos monstros em amantes do inverno. E pior ainda, não estamos mais perto de descobrir qual é o plano da vilã e o que ela fez com o meu Fatiador! Ela poderia estar, sei lá... dançando com ele neste momento!

Argh.

Preciso de uma longa soneca de inverno. Então, vou para a nossa rede, mas quando chego lá, vejo que June se antecipou. E ela parece ainda mais chateada do que eu.

Ah, bem rápido... nossa rede não é uma rede comum. É uma rede de inverno monstruosa e é meio que uma das melhores redes de todos os tempos.

Veja bem, depois que a temperatura caiu, descobrimos que um monstro, o Kylnn, irradia calor constantemente. Todo o seu corpo parece uma espécie de lareira viva!

Então eu, sendo *especialista* em cochilos, peguei uma rede de uma loja local e a amarrei em um bom lugar. Eu a coloquei nos maiores espinhos nas costas do Kylnn. Tenho certeza de que criei o local mais confortável para dormir no planeta Terra.

Sento ao lado da June. Ficamos um pouco ali, apenas olhando silenciosamente para um céu azul nublado.

— Você está bem, June? — finalmente eu pergunto.

June encolhe os ombros e empurra um espinho, fazendo a rede balançar.

São só... essas coisas de inverno. Elas me lembraram do *Natal*. E me fez pensar no Natal do ano passado. *Um Natal normal.*

Quando o mundo era normal e não, tipo, um jogo de monstros, zumbis e armas do qual você precisa escapar.

Te entendo! O mundo ficou **demais** agora, né?

June me olha feio. Ah, certo. Esqueci. Ela não ama a "o jogo de monstros, zumbis e armas do qual você precisa escapar" da mesma maneira que eu.

June continua.

—Quando estávamos nos preparando para aquela viagem a Nova York, eu tive uma ideia. Tenho certeza de que foi apenas um sonho totalmente cheio de esperança, mas pensei que poderíamos chegar a Nova York. E encontrar minha família. E a tempo do Natal. E então eu poderia comemorar o Natal, de verdade. Mas imagino que não vai rolar...

Não sei bem o que dizer. Sabe, eu era órfão e nunca tive uma família de verdade. Quando o mundo caiu na mão dos monstros, minha família adotiva daquele mês fugiu. Aqui, com meus amigos e nossa comunidade de monstros, finalmente sinto que *tenho* uma família. Só que, para os meus amigos humanos é o contrário.

Às vezes esqueço que a felicidade que vem tão fácil para mim é muito mais difícil para todos os outros. E não posso continuar esquecendo disso.

Não está certo.

Não estou sendo um bom amigo.

E ser um combatente de monstros e aspirante a cara legal é algo incrível e importante, mas não chega *nem perto* de ser tão importante do que ser um bom amigo. E é disso que June precisa agora.

Então eu vejo uma luz. Posso resolver dois problemas com uma solução.

Sento direito e pego June pelos ombros.

— June, não tenho como dar a você aquele clássico Natal da família, mas juntos PODEMOS ter nosso próprio míssil de alegria totalmente original fazendo um Natal com *apenas* nossos melhores amigos do mundo! Podemos criar nossas próprias novas tradições! Como fogos de artifício de Natal... fogos são demais, não são?

— Fogos de artifício de Natal não existem, Jack.

— AGORA ELES EXISTEM! — afirmo. — Além disso, teremos concursos de comer tortas de Natal! June, isso é realmente *incrível*. Temos a chance de criar nosso próprio Natal incrível. Algo louco, bizarro e o que *quisermos* que seja!

June se ajeita na rede. Ela sopra em suas mãos, pensando.

— E sabe de uma coisa? Já que o Natal é a melhor...

Eu sorrio e faço que sim com a cabeça.

— Se tem uma coisa que pode convencer os monstros de que o inverno é bom, é o Natal!

— Buum — diz June. — Vamos selar o acordo com um soquinho.

Voltamos para a casa na árvore. Na escada, June para de repente. Ela olha profundamente nos meus olhos. Estou me perguntando se isso pode ser um momento romântico ou algo assim, mas em vez disso...

— Você tem o seu Fatiador e você adora ele — June fala. — Quero sentir a mesma coisa por minha arma de lutar contra monstros.

É verdade.

Meu amor pelo Fatiador é daqueles únicos na vida. Eu poderia escrever uma música sobre ele. E a June merece ter esse mesmo tipo de amor!

Isso será o meu presente de Natal para ela. Uma arma pós-apocalíptica para lutar com monstros PARA TODOS GOVERNAR!

E quer saber mais?

Eu perdi o meu amor.

Não. Pior. Meu amor foi roubado de mim! E caiu nas mãos de um inimigo! E esse inimigo está aprontando *alguma coisa*.

Eu não vou ficar sentado esperando. Preciso ir atrás e *recuperá-lo*. Preciso descobrir QUEM é essa vilã. Só então vou conseguir meu presente de Natal...

Capítulo Seis

Quint me acorda e eu resmungo.

— Cara, eu estava no meio de um sonho! Eu estava em um grande campo, montado no Rover com o Fatiador. Estava calor e eu tinha um bigode incrível. Me deixa voltar a dormir?

Mas Quint diz:

— Eu acho que sei como encontrar a vilã.

—COMO É QUE É? — Pulo de pé no mesmo instante. Quint sorri e segura o cartão que a vilã deixou cair. Tinha me esquecido completamente disso!

— É um cartão da biblioteca! — diz Quint. — Podemos encontrar o nome dela na biblioteca! E talvez o endereço!

— E isso nos levará a ela. E ao Fatiador! — eu completo. — VAMOS NESSA.

Tento reunir a equipe, mas eles estão ocupados. June está tramando a melhor forma de explicar o Natal aos monstros.

— Não quero que seja ruim como a pesca, bonecos de neve ou a patinação no gelo — explica ela. — Quero apresentá-los ao Natal com tanta perfeição que eles *vão ter* que amá-lo.

Enquanto isso, Dirk está trabalhando na Big Mama. Quem sabe por que ele resolveu fazer isso. Já sabemos que não é possível chegar a Nova York até a neve passar. Talvez ele esteja polindo ou acrescentando algumas partes bacanas ou algo assim.

Mas tudo bem, porque agora será... A ESCAPADA CLÁSSICA DA DUPLA QUINT & JACK!

Quint inventou uma maneira de chegarmos lá. O Rover *não* gosta da neve. Ele tem patas sensíveis ou algo assim.

Então Quint mostra...

Os *HOVERBOARDS* - skates de inverno!

É super-radical. Mas não sei *por que* chamam essas coisas de *hoverboards*. Eles deveriam flutuar, mas há ZERO flutuação. Eu assisti o filme *De volta para o futuro II* e sei que um *skate elétrico* tem que *flutuar* de verdade! Isto aqui é uma coisa rolante de equilíbrio. Mas, de qualquer forma, é legal pra caramba. O único problema é que, mesmo com as atualizações invernais do Quint, eles continuam um pouco escorregadios...

Chegamos meio machucados e com frio... e não estamos ansiosos para usar os *hoverboards* novamente.

A biblioteca é um prédio antigo incrível, mas também assustador. Foi construído nos anos 1800. Não sei se você é bom com datas e outras coisas como eu, mas isso já faz muito tempo.

Examino o local para ver se há perigo. Não vejo nada e não ouço nada, mas sou um herói de ação pós-apocalíptico, então sei que isso não significa que não exista perigo.

— Fique preparado, Quint — eu rosno, enquanto rolamos em direção à entrada. — Provavelmente todo tipo de terror nos espera à frente.

Mas não somos recebidos por bibliotecários mortos-vivos, idosos zumbis tentando usar a internet ou traças gigantes, cobras, lagartos ou Vermonstros.

— A barra está limpa — diz Quint. — Então vou trabalhar!

Ele pula do *hoverboard* e rapidamente vai para trás da recepção.

— Não acredito que estou dando uma espiada atrás do balcão da biblioteca! — ele diz sorrindo. — É um sonho se tornando realidade!

É *esse* tipo de coisa que deixa meu amigo animado.

Entenda uma coisa: antes de eu me mudar para Wakefield, Quint tinha zero amigos. Depois que me mudei para lá, ele tinha um amigo. (Esse amigo era *eu*, caso você estiver com problemas para fazer as contas).

Mas durante aqueles anos em que Quint não tinha amigos, ele passava o tempo na biblioteca. As bibliotecas são incríveis assim. Eles deveriam ter o mesmo texto da Estátua da Liberdade na entrada, sabe aquele? Dê-nos suas massas cansadas, pobres e amontoadas ansiando por ler uns quadrinhos. As bibliotecas detonam porque todos são bem-vindos!

— Boas notícias, amigo! — diz Quint, abrindo um arquivo. — Não é necessário um computador, esta biblioteca mantém registros físicos!

Ele procura pelo número de identificação do cartão da biblioteca. Em apenas alguns momentos...

— ENCONTREI!

ISSO. AMEI. A clássica escapada da dupla Quint e Jack já começou perfeita!

Quint dá a volta na mesa, balançando uma pasta. Meu coração bate forte.

— Dentro dessa pasta marrom — digo — está o nome da nossa inimiga.

— Pasta de papel *pardo* — corrige Quint. — Não é uma pasta marrom!

— Hum, mas ela claramente é da cor marrom... Por que seria PARDA? Isso nem é uma PALAVRA de verdade.

— É sim — Quint diz com um suspiro. — Acredite em mim. Mas o que você estava dizendo está correto... dentro desta PASTA DE PAPEL PARDO está...

O nome. Da vilã. Ele abre a pasta.

Eu olho e leio: EVIE SNARK.

Eu digo o nome repetidamente, dentro da minha cabeça. *Evie Snark*. Ela é a vilã. Ela é a humana que fala a língua de Ṛeżżőcħ.

— Certo, é hora da luta — eu falo. — Estou pronto para invadir a casa dessa vilã e fazer um grande ataque completo para recuperar o Fatiador!

Quint franze a testa.

— Infelizmente, não há um endereço listado para Evie Snark. Mas ainda pode haver mais coisas para aprendermos aqui! Olha só o histórico dela! Ela pegou muitos livros de uma seção da biblioteca chamada *Crenças Obscuras e História Estranha*. Venha!

Crenças Obscuras e História Estranha acaba sendo a parte mais bizarra da biblioteca. Fica no canto dos fundos do porão e é o lugar absolutamente mais empoeirado e mofado. Parece que ninguém vem aqui desde a época do Nintendo 64, embora eu imagine que Evie Snark *esteve* aqui em algum momento.

Quint se senta, cruza as pernas e pega um livro da prateleira. Percebo o que está acontecendo aqui. Ele vai ficar sentado, lendo livro após livro, página por página, pelas próximas, hã... dezenove horas ou mais.

E são dezenove horas das quais *não* quero fazer parte. Quero avançar rapidamente para a parte em que recuperamos o meu Fatiador.

— Quint, amigo, aproveite a pesquisa. Eu ouço os gibis chamando meu nome.

— Mm-hmm, tá — murmura Quint enquanto eu saio de lá.

Mas não chego à seção de quadrinhos. Eu passo na seção de DVDs, e isso me dá uma ideia relâmpago! Posso ajudar June! Que melhor maneira de ajudar a mostrar aos monstros as maravilhas do Natal do que com uma maratona de filmes de Natal?

Coloco vários dos meus filmes favoritos na mochila.

Então farejo ao redor.

Nenhum cheiro do mal.

Na verdade, sinto um cheio que é o *oposto* disso. Chocolates Reese de pasta de amendoim.

Olho em volta e acho: uma máquina de venda de comida! Mais conhecida como Distribuidor de Felicidade. E não poderia aparecer em melhor hora. Depois da nossa aventura gelada pela neve, estou faminto.

Mas há dois problemas. Primeiro, não tenho moedas. Segundo, não tem eletricidade, então, mesmo que eu tivesse moedas, elas seriam inúteis. Normalmente, eu poderia pegar meu Fatiador e detonar essa coisa...

Sem o meu Fatiador, eu fico, de novo, basicamente impotente, mas tenho meus desinteressantes e desengonçados braços, que são minha marca registrada! Posso enfiar a mão lá na máquina e, sem nenhum problema, pegar aqueles chocolates.

Em um piscar de olhos, estou de barriga para baixo, com o corpo meio que virado.

— Isso. Venham para o Jack, doces chocolates. Venham para o papai.

Estou quase conseguindo quando...

Droga. Meu braço está preso. Comprimido entre metal e doces!

Mas não tem problema, é só eu, hã, fazer aquele troço descolado de manipulação óssea e então tiro meu braço e...

Droga. De novo.

Um novo cheiro. Você já sentiu o cheiro de vômito de cachorro? Imagine isso, envolto em molho de churrasco.

Eu olho para cima e engulo em seco.

Um tipo de *polvo* monstruoso, barulhento e não marinho está se arrastando em minha direção...

— Ei, polvo assustador não marinho. Apenas para sua informação: meu braço pode estar preso, mas ainda sou um grande herói *heroico*, estou totalmente no controle e vou detonar você, ENTÃO FIQUE ONDE ESTÁ!

A coisa continua vindo. Mas tudo bem. Eu sei 100% totalmente como lidar com isso...

Eu puxo e mexo o braço, mas... ah, que droga! Estou preso até os cotovelos! Argh. Eu preciso, tipo, não sei, o *blaster* do Mega Man! Ou as garras do Wolverine! Ou o braço da serra elétrica do Ash! Qualquer arma presa ao pulso seria de grande ajuda aqui. Ou quem sabe A DROGA DO MEU FATIADOR!

A coisa está vindo, eu já era, e então...

BUUM!

Um carrinho da biblioteca desliza e bate no monstro. Há um *SPLAT* molhado e o monstro está subitamente no ar, voando pela biblioteca! Vários livros também voam. Páginas passam. Quint sorri para mim de cima do carrinho.

— Olá, amigo — ele fala. — Parece que você estava precisando de um resgatezinho...

A máquina de vendas cai. E me leva com ela, me virando, mas...

Eu me solto! O braço está livre! Nós pulamos no carrinho, abrimos a porta e deslizamos pelo gelo...

— Como foi a leitura? — eu pergunto.

— Não consegui ler muito. Tive que trazer os livros comigo para poder continuar lendo, pois ouvi seus gritos acovardados.

Gritos acovardados? *Eu?*

— Contudo...! — Quint exclama. — O mais importante é isso! Eu descobri que a vilã, Evie Snark, parou de ir à biblioteca depois que ficou devendo NOVECENTOS DÓLARES em taxas de atraso na devolução de livros.

— Você está brincando comigo?

Quint sorri.

— E foi tudo por apenas um livro...

Voltar não foi fácil. Acabamos abandonando o carrinho da biblioteca quando ele ficou preso na neve, e isso significou uma *longa* caminhada. Perto dos limites da cidade, vejo algo ao longe. Uma estrutura enorme, erguendo-se da neve.

— O que é aquilo? — pergunto a Quint.

Quint olha em volta e então ele vê o que estou vendo. Ele começa a murmurar:

— Ah não. Ah não, não, não.

— O que foi, amigo? Algum mal muito ruim?

— Não exatamente — Quint responde. — É... ah, é tão embaraçoso...

Ele vasculha sua carteira e pega um recorte de jornal.

— Esse é o Cinema ABC. E eu o fiz ser fechado...

— Espere um minuto, *você fechou um cinema?*

Quint assente com a cabeça.

— Eu tive um problema: minha mesada só era suficiente para o ingresso, e nada de guloseimas! E você sabe que eu *não* consigo apreciar o cinema sem guloseimas! Então, comecei a contrabandear barras de chocolate e outros doces. Mas um dia, cheguei em casa *coberto* de chocolate. Minha mãe sabia que eu só tinha dinheiro suficiente para o ingresso, então ela ligou para o cinema!

— Ela dedurou você? — pergunto desolado.

— Na próxima vez que fui ver um filme, havia uma foto minha na bilheteria! E um cartaz dizendo: FIQUEM DE OLHO NESTE GAROTO.

— Mas eu teria minha vingança! — Quint continuou. — Estava vendo o último filme da Marvel quando descobri um painel de piso solto embaixo do meu assento. *Eureka!* Eu contrabandeei doces suficientes para durarem um verão inteiro de sucessos de bilheteria e os *escondi embaixo do chão*!

— Depois disso, toda vez que eu ia ao cinema, pegava o mesmo lugar, abria o esconderijo e comia como um rei! Tudo correu bem, até um dia em que *OS DOCES SUMIRAM*!

— Alguém encontrou o seu esconderijo? — exclamo.
— Alguém não — Quint responde. — UM RATO! O rato mais gordo que já se viu, e ele saltou sobre mim. Tinha comido cerca de nove quilos de doces!

Eu começo a rir. E então termino de desdobrar o recorte de jornal...

GAROTO LOCAL É DOMINADO POR UM RATINHO

Por Carla Sacrato

Quint sacode a cabeça.

— Os donos do cinema chamaram uma empresa que lidava com pestes, mas era tarde demais. Os ratos se tornaram viciados em doces, ficaram supermalvados, tiveram um monte de bebês ratos malvados e o cinema virou um grande playground de ratos malvados.

— CARA! — exclamo. — QUANTOS DOCES VOCÊ ESCONDEU LÁ?

— Um monte — Quint diz com um suspiro. — Tinham acabado de reabrir o cinema para o verão, Jack. Logo antes do Apocalipse dos Monstros. Havia filmes sendo exibidos! Mas o que se falava por aí era que ainda havia ratos correndo por lá...

Continuamos nossa longa jornada de volta para casa.

— Não acredito que você fechou um cinema inteiro, amigo.

Quint encolhe os ombros.

— Não foi o meu melhor momento.

Capítulo Sete

Chegando à cidade, fica claro que June basicamente se declarou a *prefeita* do Natal. Que, vamos falar a verdade, é um título bastante irado. Mas também significa que não podemos errar, porque se o Natal for ruim, quem será o culpado? A Prefeita de Natal, com certeza.

Os monstros fazem algumas perguntas, e eu percebo que são perguntas *justas*...

Certo, eles estão confusos a respeito das meias grandes e das árvores. Mas temos um ás na manga. Uma carta surpresa no bolso de trás. Algo que é garantia de deixar todos muito animados.

Corro para me juntar a June na casa na árvore. Olho para a multidão de monstros abaixo e exclamo:

— PRESENTES! TEM PRESENTES!

— Pretzels? — um monstro pergunta.

— Prezeenzes? — outro diz.

— Espere um pouco — June fala. — Vocês *não* sabem o que são presentes? Dar presentes?

Ao que parece, todo o *conceito* de presentear é totalmente estranho aos monstros! Simplesmente não existe na dimensão deles. Assim como têm coisas que não existem em *nossa* dimensão e que achamos estranhas. Por exemplo...

Um monstro alegre chamado Murgy gorjeia.

— Você dá um item para outro ser? Para fazê-lo se sentir bem? Presentes parecem coisas bem alegres!

Com isso, os monstros estão *dentro* do Natal. E agora, temos que conseguir fazer...

O NATAL DEFINITIVO DO FIM DO MUNDO!

Primeira coisa? A ÁRVORE. Precisamos de uma coisa *enorme*. Nada parecido com árvores meio mortas e curvadas. Quero uma daquelas no estilo dos filmes! Afinal, podemos pegar qualquer árvore que quisermos, de qualquer lugar! Nada de caminhar até uma loja de árvores e apenas apontar para uma. Não, fazemos isso no estilo pós-apocalíptico...

A seguir: decorar essa belezinha.

O segredo de uma decoração matadora de árvore de Natal é ter bons enfeites. Infelizmente não temos *nenhum*, mas nossos vizinhos têm! Invadimos casas próximas, procurando em garagens e porões. Encontro ornamentos, luzes e enfeites de Natal, mas também algumas surpresas desagradáveis...

Problema: a altura da nossa árvore dificulta a decoração. Mas está tudo bem. Quint faz uma pausa no estudo da lista de leitura de Evie Snark para mexer em um soprador de folhas antigo, transformando-o no...

LANÇA-ENFEITES. Ele praticamente consegue lançar os enfeites em órbita.

À noite, comemos coisas do meu calendário de Natal pós-apocalíptico. Os calendários de Natal são uma ótima ideia: cada dia ter uma janelinha com doces atrás é bem legal, mas sempre me incomodou o fato do doce lá dentro ser tão pequeno e diminuto! E então os adultos tentavam passar aquele pedacinho de doce minúsculo como se fosse uma sobremesa legítima.

Então eu MELHOREI meu calendário. Conheça a CONTAGEM REGRESSIVA DE NATAL DO JACK SULLIVAN COM DOCES ABUNDANTES...

E talvez a coisa *mais* importante seja...
JÁ SEI O QUE VOU DAR DE NATAL PARA JUNE!
Tive a ideia do presente depois que escapei daquela máquina de venda automática comedora de braços e do monstro-lula da biblioteca. Estou um pouco nervoso com esse presente, porque é caseiro, mas tenho certeza de que June vai gostar.

E eu prometo: não será ruim. Presentes caseiros são considerados ruins, o que é justo, porque eles nem sempre são bons.

Quero dizer, uma bugiganga artesanal é uma coisa totalmente doce e sincera, mas te garanto que seu pai prefere ter uma Ferrari a um porta-lápis ruim.

Mas meu presente para June *não* será ruim e não vai servir para lápis! Quint e Dirk estão me ajudando, e a coisa será *incrível*...

O sistema de som da June, que chamamos de BOM-BÁSTICO, toca músicas natalinas o dia inteiro, todos os dias. E eu projeto filmes na parede lateral da Pizza do Joe, assim podemos apreciar *Um duende em Nova York* todos juntos.

Uma tarde, Dirk, June e eu estamos jogando Banco Imobiliário. June canta junto com a música e Dirk acompanha com a cabeça, imitando a melodia.

Eu sorrio.

E sorrio porque, apesar das loucuras e das bizarrices desse mundo monstruoso, estamos organizando o melhor Natal do qual já participei...

É quando Quint vem subindo e entra na casa na árvore. E ele nos conta...

Ele nos conta algo que, eu suspeito, mudará tudo. Uma localização. Um lugar.

É como encontrar o mapa para localizar Luke Skywalker. Se o Luke Skywalker fosse um esquisitão assustador que roubava tacos de beisebol de crianças.

— Eu sei onde a vilã reside — Quint anuncia orgulhosamente. — Encontrei o endereço dela na lista telefônica. E isso significa que talvez saibamos a localização do Fatiador...

— ISSO! — Eu tento fazer um daqueles saltos ninjas dando chute no ar, mas não dá certo. Eu definitivamente devo ter torcido o tornozelo, e quase travei as costas. Mas não se preocupe, porque...

Capítulo Oito

Evie Snark mora do outro lado da cidade, no distrito histórico de Wakefield, perto da costa e do antigo porto. E nós estamos limitados a andar a pé. A combinação dos pés sensíveis do Rover e a Big Mama fora de combate significa que estamos tendo que fazer exercícios aeróbicos pra caramba...

— Olhem — June fala. À nossa frente, há uma estrada de tijolos cercada por casas de aparência antiga.

Quint consulta seu mapa.

— Estamos perto.

São apenas mais dez minutos de caminhada antes de encontrarmos a casa da vilã...

Os números na caixa de correio de Evie Snark estão tortos por causa de parafusos enferrujados. A casa é cinza e a tinta está lascada. As cortinas ficaram amarelas. Pedaços de grama alta e nunca cortada saem pela neve grossa. Não reconheço esta casa, mas reconheço a ideia geral dela...

Veja só, *toda* cidade em que eu já morei tem uma casa como esta; uma que parece estar comemorando o Halloween o ano todo. Talvez toda cidade em *todo lugar* tenha uma dessas. Aquela casa que, quando você está passeando com o cachorro, atravessa a rua para não ser infectado pelo medo.

Sei que é apenas algo da minha cabeça, mas quase consigo sentir o *cheiro* do Fatiador dentro da casa. Aquela mistura de madeira do taco, tripas monstruosas e suor nas mãos.

Está aqui, na casa da Evie Snark.

Evie Snark: a vilã que fala a língua de Ṛeżžőcħ.

Dirk encontra um ponto fraco na cerca. Ele a agarra, as luvas apertando firmemente o metal e dobra uma barra. Nós nos espremos, e então subimos cuidadosamente a colina. Somos basicamente mestres da discrição. Até que...

— O que você quer fazer? Voltar? — exclamo, saindo da água fria, depois aponto para a casa. — Estamos perto!

— *Perto de congelar!* — June argumenta.

Quint responde rapidamente:

— June, você pode estar com *frio*, mas a temperatura do seu corpo está longe dos trinta e cinco graus que indicam congelamento e hipotermia.

Os lábios de June se contraem.

— Quint. Nós somos amigos, mas vou te *enterrar* em uma pilha de neve.

— Vamos nos secar lá dentro — eu digo.

Vejo uma janela alguns centímetros aberta. As cortinas amarelas sujas balançam com a brisa gelada. Ouço atentamente. Espero que meu sentido de aranha entre em ação e me diga se tem alguém em casa.

Mas isso não acontece.

Infelizmente, amar o Homem-Aranha não *dá* a você o sentido de aranha.

Devo invadir esta fortaleza assustadora...

A janela é pequena, mas eu me encaixo em locais mais apertados ao *jogar pega-pega com lanterna*. Sei que devo ser cauteloso, mas agora que estamos perto... QUERO MINHA ARMA.

— Dirk, me ajuda! — sussurro. Em um instante, meu tênis está na mão dele e sou levantado até a

janela. Metade do meu corpo entra e... acabo ficando totalmente entalado.

— Estou há muito tempo esperando para chutar o seu traseiro — June fala. Quase posso *ouvir* ela sorrindo.

THMUMP! A bota de June encontra minha bunda e sou empurrado para dentro. Fazendo um som alto o suficiente para alertar qualquer um que esteja em casa.

Me levanto devagar.

O que vejo é tão chocante que eu quase engulo minha língua...

Capítulo Nove

— Pessoal — eu chamo. — Vocês *não vão acreditar nisso!*

Este lugar não é assustador, é o sonho dos nerds que virou realidade! É o meu sonho tornado realidade. Está empoeirado, apertado e lotado de *coisas nerds.*

Vejo caixas cheias de quadrinhos e coisas colecionáveis de cinema. A roupa que Batman usou no filme de 1989! Um modelo do monstro de marshmallow dos Caça-Fantasmas!

Até o *banheiro* da vilã é cheio de reproduções de canhões e *blasters* de filmes, e as paredes são cobertas com espadas, machados e lâminas. E também tem papel higiênico porque, bom, ela é humana...

Esta é uma coleção ENORME de uma *vida inteira.* É um museu. Seu próprio museu pessoal.

Quint põe a cabeça na janela.

— É seguro? — ele pergunta.

— Não tenho certeza se é seguro — respondo —, mas tenho certeza de que é incrível. Entrem logo, galera!

Um momento depois...

Não há sinal de Evie Snark, a Vilã. E sendo muito sincero, estou tão maravilhado com o quanto tudo isso é legal que, por um momento, esqueço totalmente dela. Instantaneamente, meus amigos estão pegando coisas das paredes e das estantes.

93

— Gente — eu falo —, acabamos descobrindo um paraíso de maravilhas nerd.

— É o santo graal da nerdice — Quint responde na voz mais séria que já ouvi.

Estou tremendo... em parte pela minha empolgação por essa coleção e em parte pela água gelada na minha cueca. Mas essa cueca gelada me faz perceber que... não precisamos mais congelar por aí, parecendo piratas caçadores de monstros ao andarmos por Wakefield. Agora podemos nos vestir para o inverno como *heróis*.

— Gente, olhem em volta! — eu falo. — Percebem o que podemos fazer com essas coisas? Esqueçam nossos suéteres velhos e meias de sacos plásticos nada impermeáveis. Podemos criar nossas próprias roupas de ação de inverno!

— Hã? — Dirk grunhe.

— Somos *basicamente* heróis de ação pós-apocalípticos! — continuo. — Então, precisamos nos vestir como tal! Precisamos de uma ATUALIZAÇÃO!

— Uma grande troca de uniforme é algo muito importante — Quint afirma.

— Uma coisa muito importante e *incrível*! — respondo. — Você sabe como sempre que um novo filme do Batman ou dos X-Men sai e as revistas fazem ensaios de fotos sobre os novos figurinos? Pois seremos nós! Tipo: Jack, June, Quint, Dirk: *veja o que essas pessoas heroicas incríveis estão vestindo nesta temporada!*

Paro para imaginar meu uniforme de ação de inverno dos sonhos. Olho para Quint e *sei* que ambos estamos pensando a mesma coisa...

— Gostei da ideia — June diz.

E então começamos o trabalho...

Estou pegando as calças do Batman quando trombo com um display de vidro. Dentro está uma réplica da adaga escondida de *Assassin's Creed*, e eu percebo outra coisa.

Este é o lugar PERFEITO para eu conseguir montar e deixar o presente de Natal da June o melhor dos melhores! O presente está quase pronto, mas agora posso deixá-lo *perfeito*.

Porque qualquer arma de games, filmes ou quadrinhos usada para combater vilões também vai servir para lutar contra monstros gigantes.

Quase consegui ver como a June ficará...

Meus pensamentos de June como especialista em batalhas são interrompidos por Dirk e Quint. Eles encontraram réplicas de varinhas de Harry Potter e estão em um duelo de magos, que se transforma em um jogo de beisebol quando Quint lança um Pomo de Ouro em Dirk.

— *PERFECTO!* — June exclama de repente. — A peça final do meu traje.

June está correndo em direção a um par de botas da general Leia. Estou ficando para trás na montagem de um traje de ação de inverno!

Me apresso, experimentando uma fantasia de Venom, botas da Viúva Negra, um casaco assustador de palhaço e até coloco um escudo de herói preso nas costas.

Meus amigos colocam seus coletes salva-vidas infláveis por baixo de seus novos trajes e estamos prontos! Podemos travar lutas na neve! Água gelada não é mais

– TRAJES DE AÇÃO DE INVERNO –

Casaco do rei do norte

Ombreiras do Juiz Dredd

Luvas do Super Mario

Manto Jedi

Botas da princesa e general galáctica

98

um problema! Eu poderia simplesmente me deitar no chão na Base Starkiller no planeta gelado e continuar quentinho. E tudo porque temos...

E então eu noto a porta. A curiosidade me pega. Ando, abro e vejo uma sala cheia de algo estranho.

Muitas e muitas de figuras de ação.

— Uau... — eu sussurro.

Eles estão dispostos no chão como uma espécie de exército de figuras de ação.

Transformers, Legos, Tartarugas Ninja, Funkos da DC: tem um pouco de *tudo*.

Mas tem algo nesses bonequinhos que *não está certo*.

Olho mais de perto... e percebo. Foram todos alterados. Modificados. Personalizados.

— *Zumbificados...* — diz uma voz atrás de mim.

Eu viro. É o Quint, que está examinando um dos bonequinhos. Dirk e June o seguem.

— Ela os zumbificou — Quint fala. — Tintas e corantes personalizados. Braços arrancados. Pernas cortadas nas articulações. Alguns parecem ter sido *derretidos*.

Pego um punhado de bonequinhos e vejo que é verdade. Ela juntou milhares e milhares de figuras de ação colecionáveis e fez cada uma parecer *morta-viva*.

Wolverine: mãos desaparecidas.

Batman: um rosto distorcido.

Jovens Titãs: pele cinza e plástico interior exposto.

É como tropeçar no esconderijo secreto de algum animal monstruoso, e está cheio de ossos.

— Jack — June sussurra. — Olhe ali. Preso acima da lareira.

Então eu vejo. A única coisa na sala que não é uma figura de ação de zumbi falsa...

O Fatiador.

Enfio os bonequinhos zumbificados que estou segurando no bolso do meu casaco. Na ponta dos pés, estico a mão para pegar o Fatiador...

Enquanto estou quase alcançando, vejo o Quint. Nossos olhares idiotas e nerds se conectam.

— Jack, não! — Quint sussurra.

Em um instante, estamos em sintonia: precisamos *sair desse lugar*, porque, de repente, está *claro*. Na minha mente, tudo está se iluminando, como um videogame que pisca e destaca itens que você pode usar.

Isso é uma armadilha.

Mas mesmo que eu perceba, meus dedos já estão envolvendo o Fatiador. É como se meu cérebro fosse mais rápido que meu corpo. Não é de admirar que eu seja tão ruim no basquete. Se bem que, eu não sou meio bom em videogames? Isso também é coordenação olho-mão, não é? Eu não deveria ser igualmente bom em TODAS as coisas que exigem coordenação olho-mão?

Eu puxo o Fatiador e...

CLIQUE!

O taco se move. Só um pouco.

Então os sons começam: como uma bola rolando, engrenagens girando ou pesos caindo. É como roubar o ídolo em *Os caçadores da arca perdida*.

— O Fatiador estava conectado a... alguma coisa, não sei o quê! — Quint fala.

— O que você fez? — Dirk sussurra.

— Uma coisa estúpida — respondo.

Olho para trás para os meus amigos. Eles estão juntos no meio da sala. Um quadrado perfeito está se abrindo abaixo dos pés deles...

WOOOSH!

Eles arregalam os olhos e abrem a boca. É um alçapão. Eu corro em direção a eles, mergulhando, deslizando, mas eles já estão caindo. E eu também estou caindo...

Para a escuridão...

Capítulo Dez

Estamos caindo.
Então vem um *SNAP* e uma dor em volta do tornozelo... que é a como eu imagino ser uma mordida

de crocodilo. Em seguida, vem um balanço leve e de revirar o estômago.

— Por quê? — June pergunta. — E onde nós estamos?

Giro o corpo e olho para cima. Vejo o buraco pelo qual acabamos de cair, agora cerca de três metros acima de nós. Não tem muita luz saindo dele, mas posso ver as quatro longas cordas que atualmente nos seguram. E o que parece uma gigantesca roda pirata, ou algo parecido, presa no teto.

Este lugar é estranhamente profundo. Não é como um porão normal.

— É uma casa de antigos contrabandistas — Dirk fala. — Estamos perto das docas. Eles tinham túneis que levavam por toda a cidade.

— Minha lanterna! — diz Quint. Claro que ele tem uma lanterna. Afinal, quem sai de casa sem lanterna? É melhor não vermos outra bola de zumbis...

Ele pesca a lanterna no bolso, tira e acende. Um raio de luz corta a escuridão.

— É uma engrenagem — Dirk afirma. — Que controla as cordas.

Meu nariz coça. Um cheiro está subindo lá de baixo. Eu conheço esse cheiro. Não quero olhar, mas preciso. Estendo a mão, seguro a lanterna de Quint e ele vira a luz para baixo.

— Zumbis... — June diz suavemente.

Se Evie Snark fosse uma vilã comum que quisesse nos fazer entrar, ela simplesmente, bom, NOS FARIA ENTRAR NA CASA. Mas ela parece estar fazendo as coisas diretamente do manual do Indiana Jones ou do James Bond.

Não há dúvida de que ela é impressionante. Estamos lidando com algum tipo de rainha nerd...

De repente, um estrondo.

— Eu tenho um mau pressentimento sobre isso — murmuro.

GRRRMMMM...

— É o equipamento acima de nós! — June exclama. — Está girando!

Quint engole em seco.

— E, como está girando, estamos sendo rebaixados!

Há um breve momento em que ninguém diz uma palavra, e então todos começamos a falar ao mesmo tempo. A ideia geral é: AH NÃO, ISSO É RUIM, TEMOS QUE PARAR ISSO AGORA.

A lanterna de Quint ilumina a cara dos zumbis abaixo. Que ótimo... horror iluminado, exatamente o que precisamos. Eles começam a rosnar, estalar e, o pior de tudo, estender os braços para cima, com suas mãos doentes e murchas.

— Existem cinco zumbis lá embaixo! — Quint exclama.

— E vão ter nove zumbis lá embaixo em breve, se não pararmos isso! — afirma June.

Bato na corda. Não adianta. Tento alcançar a parede. Muito longe.

— COMO NÓS PARAMOS ISSO?

— O pêndulo de Newton! — Quint exclama. — Individualmente, não podemos alcançar as paredes, mas transmitindo nossa força de um para o outro, podemos...

— Sim, sim, claro! — eu digo, cortando Quint. — O que quer que seja, vamos tentar!

Quint empurra meu ombro e se balança de volta para mim. Bato em June e ela bate em Dirk. Depois, ele volta para o nosso lado, a força passa por nós, e Dirk balança, depois balança mais e...

— ALCANCEI A PAREDE! — Dirk exclama. Ele agarra a parede. Seus pés se movem em chutes. Mas então...

CRASH! Ele não consegue segurar e volta voando. Todos nós somos empurrados, balançamos e depois paramos.

— Isso não deu certo... — eu murmuro.

Descemos ainda mais para baixo.

Os braços longos e nodosos dos zumbis se esticam e esticam. Mais e mais perto... Parece que tudo está perdido.

— Jack — Quint me chama, parecendo desconfiado. — O que tem dentro do seu colete salva-vidas inflável? Deveria estar vazio! Para inflar!

Eu suspiro.

— Bom, se essas serão minhas últimas palavras para você, amigo, acho que provavelmente devo contar a verdade. Eu ignorei o seu conselho do colete inflável. Enchi o meu com comida. É um tubo de comida.

Quint me olha fixamente.

— Eu não preciso de um *airbag* humano em volta da minha bunda, tá bom? — afirmo. — Não ajudará em nada! Mas a comida é útil. Quem sabe em que tipo de armadilha invernal terrível nós poderíamos acabar nos enfiando! Precisamos de comida para sobreviver se ficarmos presos dentro de algum prédio congelado por dias, cercados por zumbis!

109

Estou vendo os zumbis se aproximando cada vez mais, mas Quint ainda quer falar sobre *airbags*!

— Que tipo de comida? — Quint pergunta.

— Hã... Chiclete... — respondo.

June explode.

— CHICLETE?! Chiclete nem é comida! Se você fica preso em algum lugar por dias e precisa sobreviver, a PIOR COMIDA a levar é chiclete.

— Mas eu estava com desejo de chiclete — eu me defendo. — Além disso, quando você está morrendo de fome, o chiclete é a melhor comida, porque dura mais tempo.

— Chiclete não é comida! — Dirk ruge.

— Chiclete é comida! Se vai na boca, é comida! E a mastigação engana sua mente a pensar que você está comendo! Isso é científico!

— ISSO NÃO É CIENTÍFICO! — ruge Quint. — CHICLETE É...

— Exatamente o que precisamos! — June exclama de repente.

Todos inclinamos a cabeça em direção a ela. Os uivos zumbis ecoam. Não há muito tempo.

— Prestem atenção! — ela diz. — Se pudéssemos parar o grande equipamento lá em cima...

— Também vamos para de descer! — Quint completa.

— Precisamos colocar chiclete nele! — June fala.

— E eu sei como fazer isso! — eu digo, estendendo a mão e pegando o lança-enfeites das costas do Quint.

Num piscar de olhos, meus amigos rasgaram meu salva-vidas e estamos enfiando enormes pedaços de chiclete na boca. O cheiro doce quase domina o fedor revoltante dos mortos-vivos...

Olho para os zumbis. Estamos perto... e nos aproximando.

Arranco um chiclete do tamanho de uma bola de beisebol da minha boca e coloco na arma.

— Vamos encher! — eu digo, e Quint enfia seu chicletão. O do Dirk é enorme.

June tira a bola de chiclete de sua boca, mas naquele momento, o mais alto dos zumbis encosta na minha mão.

— Aaahh! — eu exclamo. — Ele me pegou!

Num instante, June usa muito bem o seu chiclete...
Estamos sem tempo. Só temos três chances agora...
Faço mira e puxo o gatilho do lança-enfeites...
FWOOP! Uma bola de chiclete acerta o teto acima de nós.

Miro de novo e... erro de novo.

Chego na última bola de chiclete. A do Dirk. A bola gosmenta gigante. Eu disparo e...

SPLAT! A bola do Dirk acerta o equipamento gigante! Quando a roda gira, vejo os fios pegajosos de chiclete se esticando, esforçando-se para mantê-la no lugar.

Uma sacudida. Tudo estremece.

— Estamos desacelerando! Estamos parando! — Quint exclama.

Eu solto um suspiro enorme de alívio direto no rosto de um zumbi.

— E agora? — eu pergunto. — Apenas ficamos aqui, pendurados como minhocas em um gancho?

— Se escaparmos dessa, nunca mais vou pescar — Dirk declara. — Eu juro. Eu prometo.

Levanto o pescoço. Há uma porta atrás dos zumbis. Deve levar aos túneis de que Dirk estava falando. E da direção porta, ouço passos. Evie...

Paramos a armadilha de zumbis bem a tempo, mas isso não nos trará de volta o Fatiador. Como Bardo disse, é isso que importa. Recuperar a minha arma. Parar o que quer que "tenha começado".

Viro a cabeça para evitar da mão zumbi e sussurro para meus amigos,

— Precisamos que a vilã pense que seu plano funcionou. Precisamos que ela pense que fomos mordidos!

Eles confirmam com a cabeça. E depois...

Eu grito! Liberando geral, bem naquelas caras horrorosas de zumbi, e meus amigos fazem o mesmo a seguir...

Um momento muito, muito longo se passa. Sinto cheiro de bafo zumbi. Mais ou menos. Na verdade, eles não respiram, mas um odor tóxico nojento vaza dos pulmões.

E então a porta se abre. Um retângulo de luz entra. Vejo os ombros largos de Evie e a silhueta de sua capa longa na porta.

Ela não está com nenhuma arma, apenas uma espécie de laço de adestrador de cães. Ela deve usá-lo para prender e capturar zumbis. Mas zumbis não são cachorros!

A voz dela é leve e melodiosa.

— Em breve terei quatro novos zumbis para escolher...

Ela puxa uma alavanca na parede e...

PUXÃO!

Os zumbis são puxados contra a parede, ficando presos nela. Um design inteligente, na real, pois Evie pode seguir em frente sem ser mordida.

Mas isso também significa que podemos escapar sem ser mordidos. Nós só temos que passar por ela...

Continuamos pendurados, sem nos mexer, nos fingindo de iscas. Mas no momento em que ela me alcança...

— CHICLETES NELA! — Atiro um punhado de chicletes secos e esmigalhados na cara dela.

Evie cambaleia para trás. Estendo a mão para cima e me liberto.

June, Dirk e Quint fazem o mesmo. Nossos pés atingem o chão. Evie rosna e balança o laço, e é então que percebo algo.

Há uma bolsa pendurada sobre o ombro de Evie, coberta de *bottons*, *pins* e *patchs* nerds. A aba está aberta e vejo o que tem lá dentro. É o livro *Terrores interdimensionais: A história da Cabala Cósmica*. Aquele pelo qual Evie deve novecentos dólares em multas de atraso.

— Quint, o livro! — eu exclamo.

Evie olha para baixo e seus olhos se arregalam de terror. Ela balança o laço novamente, mas eu desvio passando por baixo dele. Seu laço bate no escudo de super-herói nas minhas costas. Pego o livro da bolsa dela e me desvio do golpe seguinte de laço.

— Bom trabalho, Jack! — elogia Quint.

— Vamos embora! — June grita, puxando minha jaqueta. Dirk puxa a porta com tudo e passamos correndo por Evie, entrando em um túnel escuro e úmido do porão.

— Mas o Fatiador está lá em cima! — eu grito.

— A saída é por aqui! — June fala.

Duas portas de metal aparecem no fim do velho túnel dos contrabandistas. Dirk corre na frente, se lança para as portas e elas se abrem.

Muito atrás de nós, Evie grita de raiva...

Capítulo Onze

O ar gelado arde em meus pulmões. Os flocos de neve são grossos e pesados, mas não grossos e pesados o suficiente para nos esconder do monstro...

— Ainda não estamos seguros! — eu grito.

O Demolidor caminha, desajeitado, na nossa direção. Um rugido odioso vem do fundo de seu ser.

— Podemos escapar morro abaixo! — June sugere.

Logo depois do monstro, o quintal desce em uma rampa, levando a uma ladeira.

— Espera aí... o quê? — exclamo. Meus amigos já estão se abaixando e puxando seus cordões...

POOF!

POOF! POOF!

Os salva-vidas inflam.

— Pessoal! Não tem um tubo aqui, lembram? Eu sou o cara sem salva-vidas! Eu sou o cara com chiclete!

Mas eles não me ouvem.

Em um segundo, June, Dirk e Quint estão correndo. Em seguida, estão em seus salva-vidas infláveis, voando morro abaixo.

O chão treme.

Um estrondo sacode a terra e faz minha alma gritar de terror.

Giro bem a tempo de ver o grande punho do Demolidor brilhando no ar.

— AAAhh! — eu grito enquanto tento evitar o golpe.

Mas sou lento demais. Estou meio virado, tentando me abaixar, quando o enorme punho de martelo acerta as minhas costas.

Há um som ensurdecedor...

BOING!

Por um segundo, penso que estou acabado, mas então percebo que não! Isso, na verdade, foi perfeito! O punho do Demolidor acerta o escudo! Eu amorteci o golpe! Me desviar muito devagar fez com que ele me acertasse em um ângulo que me vez ser lançado pelo ar!

Obrigado pela ajuda!

LANÇAMENTO NINJA DE COSTAS!

Quando caio, o escudo age exatamente como um trenó! Infelizmente, *estou de cabeça para baixo nesse trenó de escudo*. Desço a colina bem rápido, como um foguete. Há neve nos meus olhos. O vento bate e uiva nos meus ouvidos.

Tenho zero controle sobre a descida. Bato em uma caixa de correio, e revistas caem na minha cabeça. Chego rodando na rua. É melhor eu não vomitar: estou usando o escudo de um super-herói, e os super-heróis não vomitam.

Estou rapidamente alcançando meus amigos. As casas passam como um borrão. Vejo de relance o enorme punho do Demolidor, que está bem atrás da gente. Bato em um carro e paro de girar, mas ainda estou descendo de costas e em velocidade. Tenho agora uma visão perfeita do Demolidor correndo e se aproximando de nós!

— Onde? — eu grito. — Estou de costas. Me avise antes para eu não bater direto...!

BLAM!

Aí está o banco de neve. Sou lançado no ar e então o Demolidor tropeça e cai.

EMOLIDOR NO CHÃO!

O escudo aterrissa na rua, que está com uma perigosa camada fina de gelo. Estou a ponto de capotar quando...

— PEGUEI VOCÊ, CARA! — June grita.

Olho para o lado e vejo que June me segura pelo pulso. Estico o braço e agarro a mão de Quint, que se sacode e depois segura Dirk.

— Corrente humana nerd! — eu exclamo. — Isso é demais!

Fecho os olhos quando surge outro banco de neve. Somos lançados ao ar de novo e depois descemos outra longa colina.

É quando eu ouço.

Um uivo monstruoso que certamente pertence a uma nova fera enorme, horrível e *aterrorizante*.

— Ah não, eu não preciso disso agora! — eu resmungo. Eu juro, o fim do mundo é tipo: "Ei, parabéns, você escapou de um monstro, mas agora há outro na esquina!".

Eu vejo primeiro a boca do monstro. E percebo que ele é *todo* boca. Um portal de dentes abertos...

Abominável BOCA das Neves!

— Estamos indo direto para essa coisa! — eu grito.

— Amigos! — grita Quint. — Puxem os bicos e esvaziem os salva-vidas!

Ouço uma série de *POPs* quando eles arrancam os plugues de suas câmaras de ar. Então um *UOOOSH* alto escapa.

— Pessoal! — eu grito. — Parem de fazer coisas legais com os salva-vidas se eu não posso fazer também!

O mundo está correndo a uma velocidade absurda, mas o escudo está *preso* nas minhas costas, e eu não tenho como soltá-lo! Não quero mais brincar disso.

Um solavanco me faz girar, e vejo meus amigos diminuindo e indo para em segurança em grandes e confortáveis bancos de neve. June coloca as mãos na boca e grita:

— JACK! PARE! VOCÊ ESTÁ INDO PRA BOCA DO MONSTRO!

Sim, June, estou ciente...

O rugido do monstro atrai minha atenção para a frente. Estou gritando em direção à Boca da Neve. Eu preciso parar o escudo...

Levanto as pernas e depois *cravo* os calcanhares na rua. Vejo o gelo e a neve entrarem em erupção! Os saltos das minhas novas botas estão sendo gastos rapidamente!

E, à medida que diminuo, sou capaz de alcançar e desprender o escudo.

— Assim é melhor... — falo para mim mesmo.

Posso sentir o cheiro da boca do monstro. Vejo presas e uma garganta escura e profunda me esperando...

123

Enfio os calcanhares mais fundo na neve, diminuindo a velocidade o bastante para finalmente mergulhar de lado!

O escudo, livre de mim, desliza rápido e então...

Capítulo Doze

Lar.

Demora horas, mas chegamos lá. E então caímos em um sono daqueles pesados, escuros e sem sonhos que parece que a gente vai dormir para sempre.

O que finalmente me acorda é o som do Quint pensando. Pensamentos não deveriam *fazer* som, mas os de Quint fazem. Ele está cantarolando e soltando uns "Aaahs" aleatórios.

Ele deve ter sentido que eu acordei, pois exclama de repente:

— Jack! Venha ver o livro que arrancamos da Evie!

As bizarrices de ontem voltam em uma enxurrada.

Estou assustado pelo que aconteceu, e não sou o único.

June e Dirk começam a acordar e se sentam, e posso ver a preocupação em seus rostos. Você já foi dormir na casa de amigos e, tipo, alguém acabou revelando um grande segredo bizarro? Ou fez algo que não deveria? Então pela manhã, você olha para seus amigos à luz do dia e todos estão com cara de: *Putz. A noite passada foi tensa.*

É exatamente o que acontece com a gente...

Antes que eu possa processar a informação, um monstro nos chama lá de fora.

— Acordem para a vida, humanos. É a véspera do dia de cortar árvores e da comemoração de dar presentes!

Eu suspiro. É véspera de Natal. Não tenho certeza se deveríamos focar nisso agora. Celebrar um feriado parece algo louco depois do que aconteceu. Quero dizer, prioridades! Neste momento, há uma vilã à solta por aí e que tem o hábito de prender zumbis em seu porão!

Mas pego June me olhando e sacudindo a cabeça.

— Jack — ela começa. — Você prometeu um Natal perfeito. Não vou deixar aquela lunática estragar nosso feriado especial não familiar.

Eu concordo com a cabeça.

— Está certo, June. Promessa é promessa.

— Vou levar este livro diretamente para o Bardo; temos muito a aprender! — Quint afirma. — Liguem para mim quando for a hora das novas tradições!

Momentos depois, estamos vestidos, e June está arrastando Dirk e eu para a Praça Central.

— Véspera de Natal, véspera de Natal, véspera de Natal! — ela canta alegremente.

Os monstros elogiam nossas novas roupas de ação de inverno. Agora, eles acham que trocar de roupa faz parte da véspera de Natal e estão chateados por não terem suas próprias roupas novas.

Apesar da minha ansiedade com Evie, sou imediatamente fisgado pela diversão!

June, a prefeita do Natal, lidera essa parada. Ela nos joga de cabeça no MELHOR NATAL DE TODOS OS TEMPOS. Comemos biscoitos e vemos filmes, e Skaelka até veste um suéter feio.

127

Dirk diz que a nova tradição dele será a última. Por mim tudo bem, pois provavelmente vai ser algo que deixará a gente com roxos pelo corpo.

Mas o mais importante é que consigo dar uma escapada e ter tempo de *terminar o presente da June*! Uso alguns itens da casa da Evie para deixar em outro nível de incrível.

Sou muito ruim em embrulhar coisas, então consigo ajuda. Mas minha ajudante não fica muito feliz...

Claro que ainda não tenho o *meu* presente: o Fatiador de volta nas minhas mãos. Temos menos de seis horas até o Natal, então não parece que vou conseguir o que quero...

E é nisso que estou pensando quando Quint nos chama para a Pizza do Joe.

Há algo em sua voz que me deixa nervoso. Esta véspera de Natal pode não ser como a gente esperava...

Capítulo Treze

Bardo diz que Ṛeżžŏch é o maior dos Terrores Cósmicos, mas que também existem outros: criaturas quase tão poderosas e perigosas quanto ele.

— Todos que vêm da sua dimensão são Terrores Cósmicos? Você é um? — eu pergunto.

Bardo sacode a cabeça negativamente. Ele parece ofendido até mesmo por eu sugerir algo assim.

— Os Terrores Cósmicos são puro mal. E não são apenas da *nossa* dimensão; são de *todas* as dimensões e, ao mesmo tempo, de *nenhuma* dimensão. Imortais e infinitos, os Terrores Cósmicos vivem no espaço entre as dimensões.

— De acordo com este livro — continua Quint —, algumas pessoas da Terra os adoravam há milhares de anos! E afirmavam ter feito contato com um desses Terrores Cósmicos. Vejam...

Quint vira as páginas do livro até chegar a um grande desenho.

Eu ofego.

— Um portal. Nós já vimos algo parecido. Com o Thrull!

Quint confirma com a cabeça.

— Exato. Aparentemente, esses adoradores tiveram certo sucesso. Eles se chamavam Cabala Cósmica.

— Cabala? — pergunto. — O que é isso?

— Quer dizer, hã, é tipo um grupo — June responde. — Um grupo fechado.

— Uma panelinha... — rosno. — Eu odeio panelinhas.

— E o Blarg? — Dirk pergunta. — E o Rei Alado?

— Sim — concordo. — Eles têm um cheiro do mal que me faz *saber* que não são como os outros monstros do bem. E Thrull também! Eles são Terrores Cósmicos?

— Eles são Servos dos Terrores Cósmicos — Bardo começa a explicar. — Qualquer criatura pode ser um Servo, não precisa ser de uma dimensão específica. Eles só precisam dedicar a vida a ajudar Ṛeżżőcħ em sua busca para dominar mundos. E as piores feras brutas, as Bestas, os Monstros Alados, por exemplo, são soldados dos Terrores Cósmicos.

Quint olha para mim.

— Você está confuso, Jack?

Eu concordo com a cabeça.

— Um pouco.

— Eu também — Dirk fala.

June levanta a mão.

— Espera aí. Acho que entendi. É meio que como na escola...

Lá no topo você tem o diretor, depois o vice-diretor e então os professores. Todos eles mandam em nós, as crianças. Rezzöch é o diretor.

Eles têm muitos vice-diretores: os outros Terrores Cósmicos. E os professores são os Servos Cósmicos...

Blarg, Thrull, o Rei Monstro Alado. Os Monstros Alados e as Bestas são tipo assistentes de professores. E nós... bom, acho que continuamos sendo as crianças.

-SCONHECIDO

REZZÖCH!!

OUTROS?

BLARG

REI MONSTRO ALADO

THRULL GAROTA MISTERIOSA

ALADOS BESTAS TREPADEIRA

Estou começando a entender. E não gosto nada disso.

— Então a Evie é uma maluquinha que decidiu ser uma Serva Cósmica também, certo? Bom, é hora de uma pergunta importante: O QUE ELA QUER?

— Com base nas anotações nas margens deste livro, ela pretende trazer um Terror Cósmico específico para a Terra — Bardo responde. — O livro o chama de Ghazt, o General.

Quint balança a cabeça com tristeza.

— Que tipo de vilão *escreve* em um livro da *biblioteca*?

— Ghazt, o General... — Dirk repete suavemente. — Parece bem ruim.

— Bom... COMO ela vai trazer esse Ghazt terrível aqui? — eu pergunto. — Se conhecermos o plano dela, talvez a gente possa detê-la!

Bardo aponta uma página.

— De acordo com os símbolos aqui, ela está seguindo um ritual específico, antigo e de três etapas. Etapa um: "Recupere um Artefato que destruiu um Servo dos Terrores Cósmicos".

Olho para baixo, pensando, muito concentrado. Meus olhos percorrem o piso de ladrilho rachado e lascado. Lembro do que Evie disse, quando a encontramos pela primeira vez. "Já começou."

Levanto a cabeça e vejo meus amigos. Todos nós chegamos à conclusão ao mesmo tempo. Um momento horrível de revelação e terror absoluto

— Espera um pouco — interrompo. — Como a Evie ficou *sabendo* que o Fatiador matou o Blarg?

June suspira.

— Jack, todo mundo em um raio de quinhentos quilômetros sabe. Você *nunca* para de falar daquele seu grande ato heroico.

— Foram mais de um — respondo.

— Dois — June retruca. — E olhe lá.

— Foram pelo menos três!

Bardo bate com o punho na mesa e June e eu ficamos quietos imediatamente.

— Eu disse que o Fatiador *deveria* ser recuperado — ele rosna.

— Nós tentamos! — Quint protesta.

Eu balanço a cabeça.

— Isso não é bom! Ela já completou um terço do plano. Isso é muito! Se fosse um programa de TV, um terço é como o primeiro comercial. As coisas estão andando! E bem rápido! Será que podemos tentar encontrar Evie e impedi-la de alcançar o Segundo Passo?

— Infelizmente — Bardo responde —, a página que mostra as etapas dois e três foi arrancada.

Quint geme novamente.

— Ela *escreve* no livro da biblioteca e *arranca páginas*? Isso é muita maldade...

Naquele exato momento, uma luz forte *inunda* a Pizza do Joe, como uma espécie de canhão de luz alta. Será que alguém acendeu as luzes da árvore de Natal no máximo? Porém, quando corremos até a porta, vejo que não são as luzes da árvore de Natal...

— Gente — chamo. — Não precisamos encontrar a Evie. Ela nos encontrou...

136

Capítulo Catorze

O Demolidor *investe com tudo* pela Praça Central. Vejo algo pendurado nas laterais dele. Duas caixas enormes...

Aperto os olhos e percebo que são duas grandes lixeiras azuis de metal, que balançam e raspam as laterais da criatura. Uma luz forte brilha da cabeça do Demolidor.

Protejo meus olhos, quase fechando-os. O monstro para. A luz agora é um holofote de busca. Um momento depois, com um CA-CLANG barulhento, as lixeiras caem no chão. Zumbis surgem dentro delas!

Duas dúzias de zumbis instantaneamente preenchem a Praça Central! E o caos chega com eles.

— Estou cansada desses caras — June rosna. Vou me proteger nas alturas. Me encontrem na casa na árvore.

— E eu vou tentar mandar alguns socos — Dirk fala, flexionando o pulso. — Cortesia da Evie Snark e sua coleção nerd.

Ouvimos os gritos de batalha de monstros, e são rosnados, latidos e rugidos pesados. Alguns de nossos amigos monstros empunham armas de sua dimensão, enquanto outros simplesmente lançam os zumbis para longe.

— NÃO BATAM DEMAIS NOS ZUMBIS! — eu grito. — Não é culpa *deles* serem zumbis!

De repente, Quint vem em minha direção.

— Jack! Lembra da nossa ideia de fantasias idênticas de *O Império contra-ataca*?

— Lembro — respondo e depois completo o pensamento dele, porque é isso que os melhores amigos conseguem fazer. — Mas é claro! Vamos derrotar Evie e o Demolidor igual os rebeldes derrotaram os AT-ATs do Império!

— Rover! — Quint grita. — Venha aqui, amigo peludo!

Um instante depois, Rover está correndo em nossa direção. Agarro seus pelos e me jogo em seu assento de batalha. E bato com força meu dedão do pé. É estranho: o fim do mundo rolando e você acha que dar uma topada com o dedo do pé já até saiu de moda. Só que ainda dói pra caramba.

Rover se senta na neve, permitindo que Quint suba nas costas dele.

— Abra o alforje do Rover! — eu mando. — O meu superatirador de camisetas está lá!

Rover sai correndo e passamos pela nossa árvore de Natal. Estendo a mão e pego um longo fio de luzinhas. As lâmpadas estalam batendo umas nas outras.

— Quint! — grito, animado. — Isso é muito *Império contra-ataca!* Temos até neve. Eu sou o Luke, pilotando a nave. E você é como o Dak, disparando o cabo de reboque!

A resposta de Quint é curta e não muito feliz.

— O Dak morre, Jack.

Ah, é mesmo. Nesse caso...

> Esquece! Não tem nada a ver com *O Império contra-ataca*. Nem um pouco. Agora atire luzes de Natal, amigo!

Água gelada e suor se misturam e escorrem pelo meu rosto. Esse inimigo está *dentro da nossa cidade*. Faço uma careta e ponho Rover para acelerar, atacando com toda velocidade.

As pernas do monstro são como um obstáculo em um game de corrida; só é preciso driblá-las com habilidade. Sinto Quint saltando no assento e sacudindo a sela.

— Segure firme o arpão! — eu grito.

Rover corre mais rápido, começamos a atravessar as pernas do Demolidor e ouço Quint disparar...

Eu olho para trás. Vejo o fio de luzinhas voar pelo ar e então... *THWACK!*, o arpão se prende na pele escamosa do Demolidor.

— Belo tiro, Quint! — eu grito, e então estou puxando as rédeas de Rover, guiando-o pela traseira do enorme monstro. Sorrio pensando: *Espere até que a nerd malvada Evie perceba que foi derrotada pelas táticas de Guerra nas Estrelas!*

Rover gira. O fio de luzes se enrola e aperta. O passo seguinte do Demolidor é desajeitado. A neve explode para cima quando ele bate a mão na rua.

— As pernas do monstro estão totalmente amarradas! — eu grito. — Ele vai cair!

Todo mundo se prepara.

Mas isso não é *Guerra nas Estrelas*. E este é apenas um plano estúpido de Jack Sullivan. O Demolidor simplesmente continua andando *apesar* do fio de luzinhas e...

POP! POP! POP! As lâmpadas estilhaçam, então...

RASGA! Nossa corda se parte.

— Falhamos! — Quint grita.

O canhão de camisetas é arrancado de suas mãos e passa voando por mim, fazendo o fio de luzes me enrolar todo. Sou *arrancado* do assento.

— Isso não é bom! — grito, voando e girando.

Meu estômago se revira quando a cabeça do Demolidor dá um tranco e me chicoteia no ar. Tenho um vislumbre da neve e depois de madeira: a varanda da casa na árvore.

Estou sendo lançado em direção à varanda. Estendo a mão, esperando agarrá-la, porque se eu voltar, vou diretamente *para a boca do monstro*. E eu meio que *agarro*, mas principalmente é a *June* que me agarra. Ela está na casa na árvore, e sua mão segura a minha, me pegando no ar.

— Suba aqui! — berra June, me puxando. O Demolidor rosna. E é nesse instante que eu vejo.

O Fatiador. Evie o está segurando...

Eu nem hesito.

— June, é hora do Lança-Trenó.

— Não temos mais um trenó. Aquele cara ali comeu o trenó!

— AGORA EU SOU O TRENÓ! — grito.

Subo no Lança-Trenó. June, relutante, gira o lançador enorme, me apontando como uma espécie de morteiro humano.

Vejo o Fatiador com sua ponta afiada balançando contra o céu noturno. Os dedos de Evie estão apertados ao redor do cabo.

Olho de volta para June e grito:

— AGORA!

Ela dispara o Lança-Trenó, que tem apenas a mim para lançar e...

Vou pousar bem no topo do monstrão. E, depois, aposto que vai parecer aquela cena de filmes em que eu e a Evie ficamos frente a frente, mantendo equilíbrio perfeito em cima do monstro e gritando frases de efeito um para o outro.

Mas em vez disso...

A coisa não dá muito certo.

Logo em seguida, estou escorregando pelas costas do monstro. De quatro, tentando me segurar. Estou tão aterrorizado que só consigo implorar:

— Moça, devolva a minha arma! — eu grito.

— Gostaria de poder fazer isso, amiguinho! — ela responde animada. — Mas infelizmente tenho grandes planos para ela. Planos maléficos.

— Não me chame de amiguinho! — rosno para ela. Minhas botas estão raspando e chutando a pele endurecida do Demolidor, procurando um ponto de apoio. Minha mão escorrega e meus dedos o tocam na pele gosmenta. — Nós *sabemos* que você tem grandes planos para o Fatiador — afirmo. — Porque você é uma *lunática* e é obcecada por uma cabala de *lunáticos*.

Bem neste momento, ouço Dirk uivar de dor. E quando ele grita, as orelhas de Evie se levantam, como se ela estivesse *feliz* pelo meu amigo provavelmente ter se ferido.

Evie me agarra pelo casaco, me puxa para perto e sussurra triunfante:

— *Em um momento, terei tudo o que preciso. E então Ghazt estará aqui. Tão fácil quanto A-B-C...*

Nesse momento, um par de zumbis passa *por cima* da gente. Tipo mortos-vivos voadores. Nós dois paramos...

Outro zumbi passa voando por nós. Seus braços girando quase arrancam a cabeça de Evie, mas ela se abaixa e bate em mim, me derrubando. Um grito rápido escapa dos meus pulmões, e então estou caindo.

Vejo um turbilhão branco abaixo, misturado com borrões e imagens rápidas de zumbis em ação. Meus braços giram, estou caindo e meu casaco de inverno molhado parece uma âncora gigante, e...

SPLONK!

Um monte de neve fresca e molhada amortece a minha queda.

Me sentando, vejo a fonte dos zumbis voadores: a rede que amarrei nos espinhos de Kylnn! É basicamente um ESTILINGUE DE ZUMBIS gigante! Os zumbis são presos naquela malha gigante.

— VENHAM ME PEGAR! — grita Skaelka, incitando a horda de zumbis no topo de um monte de neve. Aquela massa aterrorizante ataca minha amiga que luta com machado. Skaelka desvia, e os zumbis cambaleiam para a frente, para o estilingue...

— De novo, Grandão! — grita Skaelka. — FAÇA-OS VOAR!

O Grandão puxa a rede e depois...

TWANG!

A rede lança mais zumbis. Eles se torcem, giram e voam em direção a Evie.

Evie é quase derrubada do topo do Demolidor por um zumbi mais alto, mas ela se segura firme, e a dupla má desaparece através da neve rodopiante...

Acabou. Por enquanto. Estou recuperando o fôlego, ainda ofegante, quando vejo. Preso em um poste quebrado e gelado, no lugar onde Evie quase caiu.

Um pedaço de papel grudado no gelo rachado. Me aproximo e... é a página que faltava em *Terrores interdimensionais: A história da Cabala Cósmica*...

Capítulo Quinze

A página está molhada pela neve, mas quase intacta.

Minhas mãos estão tremendo de frio, mas não apenas por causa do frio. Estou tremendo porque isso é algo GRANDE.

Isto pode nos esclarecer POR QUE Evie roubou o Fatiador! Vejo Bardo e Quint em pé, embaixo da antiga lanchonete.

— Ei, amigos estudiosos! — grito enquanto corro em direção a eles. — Vejam! A página que falta no livro da biblioteca!

Os dedos longos de Bardo pegam a página. Eu observo seus olhos o examinarem. As pupilas de Bardo não vão e voltam quando ele lê, elas apenas continuam, desaparecendo de um lado do olho e reaparecendo do outro. Como se estivessem se movimentando em círculos. É superirritante, muito mesmo...

O que ele diz, no entanto, e o que vejo... é ainda mais irritante...

Três palavras se repetem na minha cabeça: *CORPO RECÉM-ZUMBIFICADO*.

Ouvi o Dirk gritar. E agora não o estou vendo.

De repente, tenho um sentimento de aperto, ardendo e *gritando* no meu peito. Eu quero vomitar ali mesmo na neve, mas não vomito. Em vez disso, percebo que estou me virando e saindo enquanto ouço meus amigos me chamando.

Evie nos prendeu em sua casa e tentou nos zumbificar, mas nós passamos a perna nela. A *nossa* nerdice derrotou a nerdice *dela*.

Só que ela não tinha terminado ainda, pois precisava de um *novo zumbi*. Então ela atacou, sem aviso, a Praça Central de Wakefield. Pensei que a gente tinha derrotado ela, mas agora tenho medo de estar errado...

Estou marchando pela praça. Minha cabeça vira de um lado para o outro, lançando olhares rápidos, escaneando, procurando. Amigos monstros estão se levantando, checando se estão feridos. Não parece haver nada grave.

Vou para a casa na árvore.

Agarro a escada.

Subo.

Meu coração bate forte. As palmas das mãos estão suadas. Eu me impulsiono para cima.

Eu o encontro...

— Dirk?

Ele não responde.

— Ei, amigo — chamo em voz baixa. — Você está bem?

Depois de um longo momento, ele dá de ombros.

— Não. Não tô bem.

Meu coração para, pois o medo de não saber acabou. Agora é apenas o gelo, aquele frio na barriga, se espalhando pelo meu corpo.

— Eu bobeei — Dirk continua. — Fui desleixado.

Vou em frente bem devagar. E então vejo.

A ferida está em seu antebraço. É só uma gotinha de sangue. Mas é uma mordida de zumbi mesmo assim.

Dirk está calmo.

— Não tem o que fazer, mano. Sei que você sempre quer salvar o dia, mas desta vez não pode. E então você vai se sentir péssimo, como se tivesse fracassado. Pois aqui vai um segredo do Dirk: *se você não tentar, não vai fracassar*. Meu velho me ensinou isso.

Chego bem perto dele, provavelmente mais perto do que qualquer um já esteve de Dirk. Ou pelo menos o mais perto que alguém esteve sem ficar com o rosto mutilado depois.

— Amigão — eu falo. — Eu *adoraria* mandar um discurso enorme, incrível e de cinema agora, falando do quanto eu gosto de você e todas as razões pelas quais eu não vou te deixar ser zumbificado, mas não temos tempo. No momento, só temos tempo para *curar você*!

CLANK, CLANK, CLANK.

São as polias e correias do nosso elevador. Vejo Bardo sair da cesta do elevador, seguido por June e Quint.

Eles veem Dirk, veem meu rosto, e então já sabem o que aconteceu.

— Devemos agir rapidamente — afirma Bardo. Sua voz é apenas um sussurro.

Dirk nem resiste. Momentos depois, está deitado na nossa mesa de pôquer...

Imagino que vai ser como uma cena de um daqueles programas de TV com médicos correndo em salas de emergência. Sabe aqueles em que passam metade do tempo salvando vidas e a outra metade se beijando nos armários do hospital? Esses programas estavam sempre passando na TV nos diferentes lares adotivos em que eu morava.

Mas aqui, agora, ninguém perde a cabeça.

A vida é mesmo curiosa. Os momentos em que você mais quer surtar... bem, esses são os momentos em que você não pode nem pensar em surtar.

— Urghhh... — Dirk geme.

Bardo examina a ferida. Ele verifica o pulso de Dirk e faz coisas que nunca vi um médico humano fazer: ele sente o cabelo de Dirk, inspeciona as unhas, mede as linhas nas mãos.

Depois de um longo momento, Bardo levanta a cabeça.

Bardo não tem tempo de responder, pois a casa na árvore explode.

Pelo menos, é o que parece acontecer. Num momento a parede está lá e, em seguida, não está mais. Sobram apenas farpas no ar e poeira voando.

É a Evie. E o Demolidor. Eles voltaram.

O Demolidor abre a boca e lança sua língua para a frente...

Num segundo o Dirk estava deitado em nossa frente. No seguinte, a mesa está virada e ele está pendurado no ar.

O Demolidor se vira, e tenho um último vislumbre de tudo...

Dirk largado, girando e pendurado na língua do monstro. Seu olhar encontra o meu. A boca dele se abre. Mal posso ouvi-lo...

— Está tudo bem, pessoal. Está tudo...

Capítulo Dezesseis

Fico imóvel por um momento, congelado. Então acordo e saio correndo para o lançador de bolas de neve da casa na árvore. Tenho que revidar. Tenho que detê-la!

Mas é tarde demais.

Evie e o Demolidor já se foram, desaparecendo na neve.

Desço novamente, me movendo como um raio. Bato as mãos na mesa. Minha voz sai entrecortada e esganiçada, de um jeito que nem parece a minha.

— Bardo, como curamos o Dirk? Me *diga* logo.

O rosto de Bardo é uma folha em branco. Ele não sabe, eu percebo.

— Não há nada que eu possa fazer. Temos muito pouco tempo.

Bardo passa por mim em direção à lousa que peguei de uma escola infantil meses atrás. O nosso mapa de Wakefield está colado nela.

Ele aponta seu dedo longo e fino para um lugar no mapa.

June se aproxima para ver:

— A Fazenda de Árvores de Natal? — ela pergunta.

— Hã? Eu nem sei o que *é* esse lugar — afirmo.

— Era o lugar aonde as pessoas iam e cortavam suas próprias arvores de Natal. *Antes* do Apocalipse dos Monstros — Quint explica. — Antes de simplesmente podermos pegar qualquer árvore que a gente goste, como fizemos.

— Tem uma criatura lá que talvez possa ajudar — diz Bardo. — Uma monstra chamada Warg.

— Warg... — eu repito. Estou me lembrando da nossa tentativa frustrada de pesca no gelo. — Ah, Skaelka mencionou uma Warg. Nossa, por acaso não temos que, tipo, *matar essa criatura*, temos? Porque, tipo, talvez o sangue verde dela cure a zumbificação ou algo assim?

Por um momento, acho que Bardo vai gargalhar, mas este não é um momento para risos.

— Matá-la? — Bardo pergunta. — Não, claro que não precisam matá-la, eu garanto. Até porque vocês nem conseguiriam fazer isso.

— Skaelka disse que Warg "não era alguém da comunidade" — June relembra. — "Alguém que não importa".

— Por acaso vocês a expulsaram? — pergunto a Bardo.

Ele responde zombeteiramente.

— *Ela* se exilou. Ela não tem interesse em contribuir para a nossa comunidade. Por essa razão, não acredito que ela vá ajudar vocês, mas é sua única chance.

Faço que sim com a cabeça. Estamos desesperados.

E quando se está desesperado, se só existe uma chance, você se agarra nela.

Os monstros nos observam sair da cidade. Todos estão com a cabeça tombada para trás, enquanto observam o céu. É como a versão monstruosa da cabeça triste olhando para o chão. Aprendi isso quando, por engano, derrubei nossa torre de milk-shake.

Bardo nos para no limite da cidade.

— Vocês precisam saber que... com base no tamanho da mordida no braço do Dirk — diz Bardo —, ele tem três horas no tempo da Terra. Depois disso, ele não será mais Dirk. Ele não será mais seu amigo. Ele não será mais humano...

Quint se abaixa e ajusta o cronômetro no seu relógio do *De volta para o futuro*. Ouvimos um *BIP*.

Temos *três horas* para salvar a vida do nosso amigo...

A Fazenda de Árvores de Natal fica depois dos trilhos do trem. Uma fina camada de gelo cobre cada centímetro do chão. Vamos em frente, seguindo um caminho sinuoso pela floresta.

À frente, além dos pinheiros, consigo distinguir um grande celeiro vermelho com as portas levemente abertas. Nos aproximamos de uma cerca de metal coberta de gelo. Eu a agarro e sacudo. O gelo racha. Em situações normais, Dirk simplesmente arrebentaria isso, mas não temos a ajuda dele.

Em vez disso, pulamos por cima do portão. A queda é dura, e nossos pés quebram a grama congelada.

Quint olha para mim.

— Precisamos da *ajuda* de Warg. Não se esqueça. Apenas ajuda. Nada mais, Jack!

Eu franzo a testa.

— Por que sinto que esse comentário foi destinado a mim?

— Porque eu estava olhando para você quando disse isso, e a última palavra no comentário foi *Jack*.

— O que ele quer dizer — explica June — é que *não* precisamos entrar em uma grande batalha de monstros aqui. Basta descobrir como salvar o Dirk e ir embora. Não chegue provocando!

Reviro os olhos.

— Eu não provoco nada. Por acaso *alguma vez* eu provoquei alguma grande batalha de monstros?

June inclina a cabeça.

— Ah, Jack...

— Tudo bem — resmungo. — Eu não vou provocar.

A fazenda de árvores se estende à nossa frente. Vejo milhares de pinheiros dispostos em longas filas perfeitamente ordenadas. Mas eles não foram cortados, é claro, e agora estão um pouco grandes demais. Essas árvores de Natal nunca serão usadas para a finalidade a que se destinam. Eu olho para

June. Ela está pensando a mesma coisa que eu. Isso é triste, mas pelo menos conseguimos o *nosso* Natal.

Então ela sussurra:

— Gente, olha.

Algo está rolando em nossa direção ao longo do caminho, deixando uma trilha suave na neve fina.

— Parece uma bola de boliche — afirma Quint —, mas feita de muco.

Quando ele para, eu percebo que...

— Gente, já vi isso antes — sussurro. — A caminho da pesca no gelo. Eu pensei que era, tipo, alguma criatura monstro, mas é...

Isso é... hã, um olho?

Olá, globo ocular grande demais e solto. Você é Warg?

Acredito que sim.

Isso é um lembrete de como agora o mundo ficou bizarro. A visão de uma criatura-olho giratória e pegajosa apenas nos deixa *meio* assustados.

O olho balança para trás e depois para a frente. E então se inclina para o lado, olhando além de nós.

— É como se estivesse verificando se mais alguém está vindo — diz June.

— Somos apenas nós, cara — eu falo. — Somos o grupo todo de aventureiros.

E então mais globos oculares aparecem, vindos de todas as direções. Quase cem, rolando por entre as árvores. Os maiores são como bolas de praia e os menores não são muito maiores que um M&M de amendoim.

Logo, estamos cercados...

Capítulo Dezessete

Os olhos se viram, olhando uns para os outros... o que é, sim, tão estranho quanto parece. E depois...
ELES VIRAM UM ENXAME!
— Não acho que seja uma festa de boas-vindas! — June grita.

Estão caindo uns sobre os outros, saltando e pulando de todos os lados. Um gruda nas minhas costas. Outro está no meu ombro.

— Corram! — eu grito.

— Correr? Sério? — June pergunta. — Ótimo plano, Jack. Pensei que deveríamos ficar parados e confraternizar com o exército de olhos!

— Não há tempo para batalhas verbais, amigos! — Quint exclama. — FUJAM DO EXÉRCITO DE OLHOS!

Rapidamente nos separamos e logo me perco em um labirinto de árvores. A cada passo, vejo apenas agulhas de pinheiro e globos oculares, e são aqueles olhos rolando e saltando na minha direção. Outros pulam em mim, grudando nas minhas roupas. Essas coisas são imparáveis. Dou um tapa em um, lançando-o longe, mas em seguida mais dois pulam em mim.

De repente, estou atravessando galhos com agulhas grossas e cambaleando até chegar em uma pequena clareira. O celeiro está à frente. Há um trator enferrujado bem ao lado, meio enterrado embaixo da neve. Vejo uma placa falando de enfeites de árvores de Natal.

— HORDA OCULAR! — grita June. Olho para trás e a vejo saindo do mar de árvores.

— ESTOU SENDO PERSEGUIDO! — Quint grita, seguindo June.

As duas portas do celeiro estão abertas apenas o suficiente para que possamos entrar...

— Vamos lá pra dentro! — eu grito e corremos pela neve. Eu irrompo pelas portas do celeiro. Meus ombros raspam na madeira. Os sons de *SPLAT* ecoam quando os olhos são arrancados da minha roupa.

Caímos esparramados no chão frio e coberto de palha. Os globos oculares se dispersam enquanto nos levantamos. Uma camada fininha de neve está espalhada no chão do celeiro. E está escuro: apenas alguns finos feixes de luz atravessam rachaduras nas paredes e do teto alto.

Mais olhos entram pela porta, mas não atacam. Eles estão esperando alguma coisa. Do outro lado da escuridão, vem o som de pés e gosma se arrastando.

Eu aperto os olhos e vejo um monstro que parece um saco estranho, flácido e carnudo.

— Parece uma grande meleca de nariz com pés — sussurra June.

Um desses pés *bate forte* no chão. Imediatamente os globos oculares rolam em sua direção. Eles saltam, cobrindo o monstro como um casaco de pupilas observadoras.

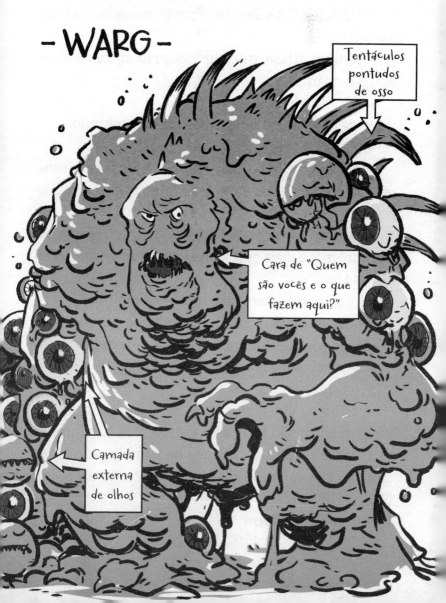

O celeiro estremece ao vento. Minha voz está trêmula.

— Nosso amigo foi mordido por um zumbi. E nos disseram que você pode ajudar.

Warg fala em um sussurro rouco.

— Quem?

— Hã. Dirk. Dirk Savage. Você provavelmente não o conhece.

— *Quem disse que eu poderia ajudá-lo?* — Warg pergunta.

— Ah, sim. Bardo.

Warg ri. É um som de lixa e vidro quebrado.

— Ele estava errado.

Todos os globos oculares de Warg piscam de uma só vez. Percebo que todos estão interconectados. São parte um do outro.

— Saiam — ordena Warg. — Eu não vou ajudá-los. Aprendi que é melhor *não* me envolver nos assuntos dos outros.

Eu balanço lentamente no lugar. Meu peito está apertado. As mãos, trêmulas. Partir não é uma opção. Warg sabe de alguma coisa. Tem algum conhecimento, alguma cura, algo que pode nos ajudar.

June rosna.

— Olha só. Exigimos que você nos ajude. Vocês vieram ao nosso mundo e trouxeram uma praga de zumbis e agora essa praga de zumbis vai acabar com a vida do meu amigo. Então, como eu disse, NOS AJUDE!

A monstra suspira.

Em algum lugar, Dirk está sofrendo, e tudo o que essa monstra pode fazer é *suspirar*.

De repente, estou correndo para a frente sem nenhum plano. Tudo o que tenho é um desejo profundo e furioso de salvar meu amigo. Porque logo, Dirk estará perdido *para sempre*.

— VOCÊ TEM QUE NOS AJUDAR! — eu grito. — E VOCÊ VAI...

OSSOS PONTUDOS E AFIADOS emergem das costas de Warg, perfurando os olhos como espadas.

Os olhos se abrem... todos ao mesmo tempo. Eles não *rugem*, mas soltam uma espécie de grito estranho e agudo.

É Warg, uivando, e o som vem *através* dos olhos.

Isso gela meu sangue. Todos nós recuamos, aterrorizados. Cambaleamos pela porta e caímos no chão frio. Em seguida...

CLANG!

As pesadas portas do celeiro se fecham. É um estrondo forte, ricocheteando nas árvores, ricocheteando em volta do meu crânio e depois desaparecendo no infinito...

E esse som.

E a batida das portas.

É como ter ouvido as portas se fechando para Dirk.

Quint coloca a mão no meu ombro, tentando me fazer sentir que está tudo bem. Mas quando ele faz isso, vejo o relógio do *De volta para o futuro*, contando os segundos... os segundos até Dirk se perder para sempre.

Nosso tempo está quase acabando. E não estamos chegando *mais perto* do nosso objetivo, estamos ficando cada vez mais longe!

Não é como deveria ser.

Ao longe, vejo as luzes de Natal na Praça Central: estão todas acesas. E eu percebo algo...

Warg tem uma vista *perfeita* da nossa cidade. Da nossa *comunidade*. Vi os olhos dela pela primeira vez quando começamos a planejar o Natal. Warg estava nos observando daqui de cima.

Skaelka disse que Warg não faz parte da comunidade.

Mas quem sabe ela queira ser?

Talvez estivesse nos observando porque sentia aquele que é o pior de todos os sentimentos. Aquela sensação de, tipo, ser *deixada de lado*?

Não conheço a história de Warg e dos outros monstros. Talvez se salvarmos Dirk e vivermos para lutar outro dia, eu pergunte a todos. Tudo o que sei, neste momento, é que por alguma razão, Warg se importa o suficiente para pelo menos nos observar.

Eu pulo de pé, pego uma bola de neve e atiro no celeiro...

June olha para mim com um sorriso triste e gentilmente aperta minha mão.

— Jack está certo! As festas de fim de ano não são o momento de espionar de longe como alguém esquisitão! Não é a época de deixar as crianças serem zumbificadas! É hora de ajudar e ser bom! ENTÃO NOS AJUDE!

Quint lança uma bola de neve. E outra.

Eu arremesso e arremesso mais. Está frio, mas estou encharcado de suor pelo medo e pelos gritos.

Imagino Dirk. Seu rosto mudando. Seu corpo se transformando. E não há nada que eu possa fazer.

— Olha — eu falo finalmente. — Se quiser nos espionar, tudo bem, mas aproveite enquanto pode. Porque logo, não vai mais ter cidade para espionar. Você pode não querer se envolver nos assuntos dos outros, mas o fato é que há uma pessoa má que trará Ghazt a este mundo! E Ghazt vai se envolver *muito*.

É nesse momento que a porta do celeiro se abre.

Warg sai. Cada globo ocular pisca. Sua voz é um rosnado molhado.

— Você disse Ghazt?

Capítulo Dezoito

— Espera um pouco, sério mesmo? — pergunto.
— Falei essas coisas na esperança de você sair.

A cabeça de Warg afunda. Neve pontilha seu estranho rosto solto.

— Sua cidade será invadida pelos mortos-vivos. Um exército sem fim. Ghazt é G̨ęĹ'nĭ. *O General*. O general dos mortos-vivos.

June gagueja:

— Você quer dizer que... ele, tipo, lidera os zumbis?

— Ele não lidera — Warg explica. — Ele *controla*.

Agora entendo por que Evie tinha milhares e milhares de figuras de ação zumbificadas. Era o jeito dela de planejar...

E agora entendo por que Evie quer Ghazt, especificamente. Por que ela não se contentou com os Servos Cósmicos que já estão na Terra, por que não está apenas tentando trazer Ṛeżżőch para cá: ela quer algo que possa controlar os milhares de zumbis.

— Pegue isso — diz Warg. Ela tira um único globo ocular do corpo e o coloca em minhas mãos. — Esses órgãos globulares são o motivo pelo qual Bardo enviou vocês.

SEU AMIGO DEVE BEBER A GOSMA DENTRO DISTO ANTES DE VIRAR TOTALMENTE MORTO-VIVO. REVERTERÁ A ZUMBIFICAÇÃO.

Espera. O quê? Como assim?

Enquanto estou segurando o olho, percebo que só pensei no que fazer até aqui. Só pensei em *descobrir* como curar o Dirk.

E para onde vamos agora? Para onde ela o levou?

Para a casa dela, certo?

Mas não tenho tanta certeza.

Ela *trouxe o Fatiador com ela.* "Casa" é onde ela o guarda! Mas ela precisa estar com o artefato para executar seu plano nefasto...

O relógio de Quint faz *tic-tac, tic-tac, tic-tac.* E não há como parar. Não há como parar o tempo. No momento em que o zumbi mordeu Dirk, as coisas entraram em movimento.

Eu posso ouvir a voz dela na minha cabeça. *"Em um momento, terei tudo o que preciso. E então Ghazt estará aqui. Tão fácil quanto A-B-C..."*

Eu giro para meus amigos.

— O Cinema ABC! É *para lá* que ela está levando Dirk. É lá que tudo vai acontecer. Tenho certeza.

A mandíbula de June está travada. Ela suspira.

— Isso fica a quilômetros daqui. São muitas horas de caminhada...

Meu coração bate forte. *Não pode ser. Não pode ser.* Não chegamos tão longe para *não* terminarmos. Quero dizer, tenho um *olho* enorme na minha mão. E não se deve desperdiçar olhos enormes!

Mas June tem razão. Estamos a quilômetros de distância do nosso destino. Precisamos de um, hã...

— Um milagre de Natal — June exclama suavemente, e então aponta...

Eu vejo Bardo, Skaelka e Rover correndo em nossa direção. É o nosso milagre de Natal.

É um cartão de Natal. As mãos de June tremem enquanto ela abre. Quint olha mais de perto. Eu leio por cima dos ombros deles.

June, Quint,

Feliz Natal! Me sinto péssimo por vocês terem ter que esperar até a primavera para atender ao chamado do rádio comunicador. Se querem ir até Nova York e tentar encontrar suas famílias, devem fazer isso agora.

Então eu montei esta coisa aqui.

Não sei bem o que Jack vai fazer, mas vou ficar aqui. Eu me encaixo aqui. É difícil de explicar.

Eu ainda não tinha entendido enquanto estávamos planejando partir, mas o período das festas me abriu os olhos. Tenho melhores amigos aqui do que já tive alguma vez antes do Apocalipse dos Monstros.

Vou terminar o motor esta semana! Prometo, pessoal.

Feliz Natal!

Dirk

Levanto a cabeça. Não entendi bem a carta. Atrás de mim, Quint e June estão em choque.

Olho nos olhos do Rover e então percebo algo em sua boca, um osso gigante de Besta. E presa ao osso está... uma corda! Como aqueles antigos cães de trenó! E eu vejo o que ele está puxando.

— É a Big Mama! — afirmo.

— Mas a Big Mama não é mais Big Mama — June fala. – Ela é tipo uma... Trenó Mama! Ou Big Trenó!

Quint sorri.

— Não, não, eu já sei. Ela é...

– Mama Neve! –

— Dirk construiu isso... para que pudéssemos partir — June fala. — Para que a gente pudesse chegar até Nova York...

Dirk havia se decidido. Ele ia ficar. Ele tinha encontrado uma comunidade ali. Um lar. Mais do que ele já teve antes. Nunca percebi o quanto Dirk é como eu.

— Gente, temos que salvar o Dirk! — exclamo. — Agora!

Bardo e Skaelka descem do trenó. Skaelka olha desconfiada para Warg, que devolve o mesmo olhar. Elas com certeza não vão se cumprimentar ou se abraçar, mas vejo algo ali, um entendimento de que Warg nos deu o que precisávamos. E isso significa alguma coisa.

— Vamos, Jack. — É June puxando minha manga.

— Rover, amigão! — digo eu, passando a mão atrás de suas orelhas molhadas. — Está pronto para puxar seus amigos e heróis radicais?

Ele está ofegante, duas fumacinhas fortes de respiração monstruosa de cachorro saem do seu nariz. Então surge um sorriso cheio de dentes. Eu pulo na frente. June entra ao meu lado. Quint vai atrás.

— Vamos resolver isso — digo, puxando suavemente as rédeas. Rover trota para a frente. O enorme chassi da Big Mama se move também. Quando nos aproximamos dos limites da fazenda de árvores de Natal, olho para trás.

Os monstros estão nos observado. Aceno para Warg, Bardo e Skaelka. Então partimos, e estou tentando me preparar para o que está por vir. Olho de novo para o relógio do Quint: faltam apenas quarenta e sete minutos, quarenta e sete minutos para o Dirk não ser mais o Dirk...

Quando chegarmos lá, ele estará quase totalmente zumbificado. Não vai mais parecer o Dirk que conhecemos.

Já vi centenas de zumbis desde que o Apocalipse dos Monstros começou, meses atrás. Fecho os olhos e consigo ver alguns deles, faces de mortos vivos piscando nas minhas pálpebras...

Os rostos eram assustadores no começo. Com aqueles estranhos corpos quebrados. Eu me acostumei com isso. Mas ver meu *amigo* assim? Não tenho certeza se vou conseguir aguentar...

Aprendi que o jeito que a gente lida com essas coisas, como as enfrenta, depende de como a gente enxerga tudo isso. Quando o Apocalipse dos Monstros começou, eu não conseguia pensar nisso como um apocalipse dos monstros. Eu não conseguia pensar no fim do mundo. Porque era tão esmagadoramente louco que eu teria me enrolado em posição fetal e balançado para a frente e para trás até desaparecer em nada!

Então, criei os Feitos de Sucesso Apocalíptico, tentei olhar para minha nova vida e para meu novo mundo como um videogame. Algo a ser vencido. Uma terra grande e louca para explorar e conquistar!

E é o que faço neste momento. Tentando mudar de ideia do modo "meu amigo Dirk está a menos de uma hora de se tornar um *zumbi*" para o modo "estamos prestes a entrar na fortaleza de um vilão e sermos heróis superincríveis em uma grande história de aventura!".

E tenho que admitir: estou me sentindo como Papai Noel enquanto puxo as rédeas da Mama Neve. Mas não vou entregar presentes. *Vou entregar DOR!*

Na verdade, me desculpe, isso foi um pouco duro demais. Pareceu mais legal na minha cabeça. Vou RESGATAR MEU AMIGO E RECUPERAR MINHA ARMA!

— Ei, amigo — Quint fala, batendo no meu ombro e apontando. — O que é aquilo?

Eu dou uma olhada.

— Não sei bem o que é...
June fica boquiaberta, mas consegue dizer:
— Não acredito que seja real. Dirk não estava louco. Parece que saiu direto de uma das fantasias dele de *Conan, o Bárbaro*.

Eu grito:
— GIGANTE DO GELO! Segurem firme!

As patas de Rover deslizam, e então ele está pulando, caindo e correndo na frente do trenó, enquanto Quint se vira e...

A Mama Neve acelera. Então estamos cruzando um banco de neve e deixando o Gigante de Gelo para trás, depois saltamos e aterrissamos em cima de uma longa fila de carros, e eu vejo...

COMPLEXO DE CINEMA ABC! E é um cinema que parece um tipo de castelo que pertenceria a um ultravilão. E apenas um verdadeiro nerd total e definitivo usaria um cinema como quartel general.

Era verão quando o Apocalipse dos Monstros começou. E é no verão que os grandes filmes são lançados.

— Parece que muita gente estava aproveitando o ar-condicionado no dia do apocalipse — Quint comenta. — Porque o estacionamento está bem cheio!

Ele tem razão. Zumbis em abundância. Rover abaixa a cabeça e nos puxa, raspando os tetos dos carros e subindo os degraus da entrada.

Trepadeiras cresceram na frente do teatro. Geralmente, elas são monstros vegetais perigosos e cruéis, mas agora estão congeladas. *Tudo* está congelado.

Estou impressionado com a visão. Um cinema se tornou a fortaleza de uma grande vilã, e agora precisamos entrar nele para resgatar um amigo e recuperar uma arma épica.

Por um segundo, me esqueço do perigo e penso apenas em como tudo aquilo é incrível. É June que me tira daquele estado de contemplação. Ela me dá uma cotovelada. Seus lábios estão azulados e apertados, quando ela acena pra mim com a cabeça. Ela tem razão. Está na hora.

Capítulo Dezenove

A parte da frente do imponente teatro é uma parede de vidro quebrado. Folhas de gelo e Trepadeiras congeladas mantêm tudo ainda unido.

— Espere aqui, Rover — eu digo. — Nós voltaremos em breve. Eu acho...

Pisamos sobre montes de neve e nos escondemos atrás de pedaços de gelo quando entramos no saguão.

— Ótimo... — June fala. — É um terror no gelo.

Zumbis meio congelados enchem o saguão. A parte superior do corpo deles se move livremente — mas eles não cambaleiam, nem se esquivam ou sacodem. Eles estão presos...

Tudo tem cheiro de cachorro molhado.

Mas há outro cheiro também.

O cheiro do cinema.

O chão é uma camada de gelo, com trinta centímetros de espessura. Olhando melhor, vejo velhos tocos de ingressos, pedaços de pipoca e doces gelados no chão. É como uma cena do cinema congelado no tempo, estilo *Jurassic Park*, preservado antes do fim do mundo.

O cheiro nunca desapareceu de lá. Está entranhado nas paredes.

Posso dizer uma coisa? O cinema é o meu lugar favorito no mundo. É o único lugar aonde eu sempre podia ir e simplesmente me desligar. As luzes diminuem, a gente mergulha na pipoca... e *se perde* ali. A manteiga escorre do saco de pipoca e mancha a nossa camiseta, o chocolate derrete no jeans, mas tudo bem, porque a gente está vendo um filme.

Filmes são fugas.

Fuga das partes cruéis da vida cotidiana. Mas agora estou no meio da parte mais cruel da minha estranha vida cotidiana, e ainda está acontecendo bem no meu *templo*.

Eu rosno.

— Evie tomou meu lugar mais feliz... e o virou contra mim!

Quint dá um tapinha no meu ombro.

— Eu sei amigo. Eu sei...

Passamos por grandes cartazes de filmes que foram feitos, mas nunca serão lançados. Gotas de água pingam do teto e ensopam o papelão.

Percebo algo: existem filmes completos por aí, guardados em um porão de Hollywood, em algum lugar! Espero que tenham sido preservados corretamente! Se o mundo voltar ao normal e eu descobrir que há uma versão do diretor ainda não vista do *Homem de Ferro 3* que se "perdeu", bom, digamos que não vou ficar feliz...

Quint me tira do devaneio.

— Jack, você está pensando nos filmes que nunca verá?

— Não — eu minto. — Talvez. Talvez não. Talvez sim. E se...

June me interrompe:

— Cara! Não se distraia. Temos que ter foco total. Estamos correndo o risco DO DIRK VIRAR ZUMBI DAQUI A POUCO!

Então ela para de repente.

— Rastros — ela diz apontando para o chão.

Vemos dois pares de pegadas frescas e nevadas no carpete congelado. Um deles é meio arrastado,

191

como se a pessoa estivesse se tornando cada vez mais morta-viva enquanto caminhava. Dirk.

— Que bom — digo. — Eu não estava errado. Eles estão aqui.

Seguimos os rastros até o segundo andar do complexo de cinema de três andares. Verificamos cada sala. E cada tentativa é como abrir as portas para uma grande sala cheia de horror. Zumbis se remexem, gemendo famintos.

June confere uma sala e diz:

— Nada de Dirk! Apenas zumbis.

Quint verifica outra.

— O mesmo aqui! Nada de Dirk! Apenas zumbis!

Eu verifico uma terceira.

— Nada além de mais zumbis!

Logo, resta apenas uma sala cinema: a maior de todas. A IMAX.

Estou prestes a entrar quando June aponta para uma porta entreaberta.

— Isso leva para o mezanino.

Subimos os degraus sinuosos. Minha bolsa bate na minha perna.

— Pessoal, eu sei que não é hora — sussurro —, mas nunca assisti a um filme daqui de cima. E eu sempre quis.

— Espero que este filme tenha um final feliz — June fala, e então abre a porta.

Entramos na plateia superior do cinema: algumas centenas de assentos, com vista para outros mil

assentos abaixo. E a enorme tela IMAX se elevando à nossa frente.

Há apenas uma pessoa na plateia.

Dirk.

Ele está no assento central. Apenas lá parado. Perfeitamente imóvel.

É assustador. Arrepiante. É algo *aterrorizante de ver*.

E então, Dirk geme. É um grito horrível: um humano uivando e um zumbi gemendo, misturados em um som terrível.

— Não tô vendo a Evie — June fala. — Vamos lá embaixo! Alimentamos o Dirk com esse olho, explodimos este lugar de venda de pipoca e podemos nos esquecer de tudo isso...

Mas é quando eu ouço o rosnado abaixo de nós.

O Demolidor. A plateia superior inteira sacode. Sinto um leve cheiro do monstro, depois seu hálito quente, ao mesmo tempo em que ouvimos seu rugido. E vem de baixo.

Meu coração acelera, meu estômago revira e, de repente, estou pensando apenas em escapar. Uma saída. Fugir desse lugar e desse momento.

É o Demolidor. Ele está abaixo de nós.

A galeria treme e balança. Sinto o cheiro do mal, e então um hálito quente sopra forte sobre nós...

O Demolidor emerge: subindo, pouco a pouco, até o encararmos totalmente. Sua pata maciça golpeia, cortando o ar e me envolvendo.

— A mão gorda e estúpida dele me pegou! — eu grito, enquanto sou sacudido e...

— ARGH! — Quint grita. Ele também foi pego. Bato a cabeça na dele, e meu mundo gira.

É uma bagunça embaçada, mas tenho um vislumbre de June pulando sobre um assento, tentando fugir. Mas a língua da besta SALTA e a agarra.

Em apenas alguns segundos...

Capítulo Vinte

O capuz da minha roupa de ação de inverno me dá um puxão. Está apertando o meu pescoço. Consigo afrouxá-lo, para poder respirar melhor. E bem a tempo de ficar sem ar de novo...

As cortinas se abrem com um *vuuush*, revelando a tela IMAX. Bem abaixo, vejo uma figura saindo da escuridão...

Evie bate com o Fatiador nos assentos enquanto caminha pela primeira fileira. Meu coração rosna... quero dizer, coração rosnar não existe, mas é basicamente isso que acontece. Estou furioso enquanto a vejo agarrar o objeto que ela roubou para fazer tudo isso! Minha arma! Meu taco!

Nós assistimos, sem poder fazer nada, Evie se aproximar de Dirk.

Ela coloca o Fatiador nas mãos dele e segura a ponta do bastão. Evie olha para a tela.

— Ghazt! — Evie chama. Sua voz é alta, animada, mas nervosa. — Está na hora, meu general.

Silêncio por um momento. E então Evie grita... e ela grita na língua de Ɍeżżőcħ.

— € ł*űűĘXIɌş űŹĵ ĢdfDĹnd!

As terríveis palavras pairam no silêncio do cinema. Então...

Um som de CRACK de furar os tímpanos surge e cada alto-falante reverbera.

Engulo em seco.

— Acho que Ghazt a ouviu...

Atrás de nós, o projetor vibra e liga. Uma luz branca brilhante se esparrama pela tela.

Dá para ver a silhueta do Dirk na sombra abaixo, segurando meu bastão. Pendurado no Demolidor, consigo ver apenas a lateral do rosto dele. Parece uma máscara com as feições de um morto-vivo. O Dirk deve ser...

— 94% zumbi! —

Evie se vira, me lançando um sorriso.

— Jack — ela fala. — Isso realmente deve estar matando você por dentro. *Sua* arma. *Seu* amigo. Sendo usados para introduzir um mal cósmico antigo no *seu* mundo. Você é meio ruim em ser herói, né?

De repente, a enorme tela IMAX vira uma piscina rodopiante: cores escuras se espalhando e faixas de neon brilhando. É como metal líquido.

A luz explode e pisca na tela. Tem algo *poderoso* ali: sinto meu cabelo arrepiar, como se estivesse olhando nos olhos de uma tempestade.

Vejo imagens piscantes... como se estivesse dando zoom em hipervelocidade através de uma série de galáxias. Mundos e dimensões, coisas que minha mente nem consegue entender. E eu não posso fazer nada além de assistir.

— Pessoal — eu sussurro. — O plano dela está quase completo. Todos os três passos...

Não acho que o Demolidor goste da gente conversando, porque de repente ele nos *sacode* até a borda da plateia superior. Uma dor aguda atravessa minha barriga. Tem algo me cutucando. Enfio a mão no bolso e percebo...

Os bonecos de ação zumbi! Os que a Evie personalizou! É o auge da nerdice. O ponto alto de tudo que eu amo. O ponto alto, na minha cabeça, das *coisas boas*.

— Ei, Evie! — eu grito.

Você **fez** isso! Você é a mais nerd dos nerds! Você combina **perfeitamente** com a gente! Em vez de fazer coisas ruins, junte-se a nós, podemos fazer coisas boas juntos!

Isso chama a atenção de Evie.

Ela caminha pelo corredor inclinado. A cabeça do Demolidor mergulha, abaixando-nos em sua direção. Seguro o punhado de figuras de ação para a frente. É como se eu estivesse segurando um crucifixo para afastar um vampiro. Só que meu objetivo é o oposto: estou tentando atraí-la para mais perto.

— Seus pensamentos traem você, Evie — eu digo. — Eu sinto o bem em você. O conflito.

— Não cite o *Retorno de Jedi* para mim! — ela rosna.

— Mas é verdade! — exclamo.

Ela balança a cabeça negativamente.

— Não é verdade! Não há conflito! NENHUM!

Mas vejo hesitação nos olhos de Evie. Ela vai se convencer. Ela estende a mão. Seus dedos envolvem as figuras...

— Eu entendo você, Evie — insisto. — Você viu filmes e leu quadrinhos e esperava que um dia *experimentasse* uma aventura real! Eu sou igual! E agora, nós conseguimos!

Ela olha nos meus olhos. Nós *somos* iguais.

— Não lute contra nós; junte-se a nós! — exclamo. — Podemos ser amigos! Você não precisa ficar sozinha neste grande mundo monstruoso! Nós temos um... hã... tipo uma...

— Uma comunidade! — Quint me ajuda.

— Uma comunidade é ainda melhor que uma Cabala Cósmica! — digo a ela.

— Especialmente durante as festas! — June completa. — E você pode participar! Vamos ter até uma festa de Natal! Você está convidada!

ZUUUUMMM-OOIIIMMM!

Dos alto-falantes quebrados vem uma LAMÚRIA inumana, ensurdecedora e sobrenatural. E uma voz grita:

—QUEM. ME. INVOCOU?

Evie endurece. A expressão em seus olhos... a pontinha de bondade... evaporou-se.

— Sim, Jack. Eu vi filmes, li quadrinhos e me perdi em livros. Igual a você. E esperava que *um dia* eu tivesse uma aventura real. Igual a você. Mas existe uma diferença importante. — Ela *joga* as figuras de ação no chão. — Eu sempre torci pelo bandido...

E não estarei sozinha. Logo, ajudarei a comandar um exército...

Nós a perdemos.

E ouço o Dirk gemendo. O tempo está acabando.

Uma criatura, um ser, está aparecendo na tela. Rodopiando da escuridão. Tomando forma. Uma voz soa, mas desta vez não vem dos alto-falantes. Vem da tela.

— SOU GHAZT, FLAGELO DO COSMOS, GENERAL DOS MORTOS-VIVOS. EU SIRVO SOMENTE A REZZÓCH. A QUEM VOCÊ SERVE?

Evie fica congelada por um momento. Sua voz falha no início, depois ela grita:

— Você! Eu sirvo a você! E você é um flagelo! Um grande flagelo! E um ótimo general! Veja, veja o que eu preparei! Você vai amar!

Evie se apressa em direção a Dirk. Ela dá um tapinha no ombro dele.

— Ghazt! — ela continua. — Em instantes, esse garoto humano se tornará um zumbi! E nesse momento, você assumirá o corpo dele! Então poderá fazer suas coisas de general por aqui, nesta dimensão! Na Terra!

— Bom... — June fala, com um suspiro pesado. — Este é oficialmente o pior Natal de todos os tempos.

— Espera aí! — sussurro. — NATAL! Meu presente!

Lembro de quando June e eu conversamos sobre isso pela primeira vez...

Eu olho para cima. O Demolidor está totalmente fascinado pela ação giratória na tela. Mais do que

204

fascinado, *encantado*. O que é justo, afinal, o Demolidor é um servo. Ghazt é um Terror Cósmico de primeira linha. Eu acho que o Demolidor está, tipo, deslumbrado. É como se eu fosse à Comic-Con e conhecesse, sei lá, a atriz que faz a Rey nos filmes novos de *Guerra nas Estrelas*.

E o deslumbramento do monstro é algo que pode funcionar em nosso favor.

— June — eu sussurro. — Você alcança a minha mochila?

June arqueia uma sobrancelha, cética, mas abre a mochila. Ela começa a pegar seu presente, e então meio que resmunga e meio que ri ao mesmo tempo.

— Ainda não acredito que você me fez embrulhar meu próprio presente!

— Abre logo — falo.

— Tá bom, tá bom.

— Rápido!

— Estou tentando! — June responde.

— Por que você tinha que embrulhar tão bem? — resmungo.

— VOCÊ ME FALOU PRA EMBRULHAR BEM! — June ruge.

— Agora não, seus tolos! — Quint exclama.

Ele estica a mão, puxa um pedaço da fita e tudo basicamente se desenrola. A parte superior da caixa de sapatos cai e June olha dentro...

Ela puxa seu presente para fora... e meio que suspira ao ver que é do tamanho do Mega Buster do *Mega Man* ou do canhão de braço de *Metroid*. Ela encaixa por cima de sua luva de inverno...

Tem tudo aí, amiga. Tipo um canivete suíço!

Deixa isso pra depois. Agora, faça o movimento de pulso do Homem-Aranha!

June olha para o presente. Há um momento rápido — e tem que ser rápido, por causa da destruição e do horror iminentes — em que ela sorri.

Ela ganhou o que queria no Natal.

E então seu sorriso se transforma em uma careta.

— Jack, eu *não tenho ideia* do que é um movimento de pulso do Homem-Aranha.

— Claro que sabe! É apenas uma espécie de arremesso do arremesso...

De alguma forma, surpreendentemente, June entende o que quero dizer com um arremesso do arremesso e ela faz um movimento do pulso do Homem-Aranha e...

— Me liberte! — falo enquanto balanço as pernas para trás e depois para a frente, como fazemos em uma balança. June concorda com a cabeça.

— Salve o Dirk — ela pede e...

CORTA!

June corta meu capuz de inverno, me libertando do Demolidor. Eu voo, exatamente como fazemos ao pular um balanço em movimento. Pouso no assento abaixo e depois estou pulando, de assento em assento, e...

Capítulo
Vinte e Um

— Sentiu minha falta? — grito quando aterrisso nas costas de Evie. É aquela cena clássica de cavalinho de herói e vilão. Minhas mãos agarram sua capa.

— Sai fora! — ela uiva, se sacudindo e socando, tentando se livrar de mim. Mas eu apenas me seguro mais firme. Eu sou irritante mesmo.

Ela cambaleia para a frente, em direção a Dirk.

Eu vejo meu amigo. Sua pele ficou cinza. Ele é quase completamente um morto-vivo.

Enquanto cambaleamos, Ghazt fala...

— VOCÊ ME INVOCOU E ME TROUXE À TERRA, PARA QUE EU POSSA SERVIR REŽŽÓCH? SE NÃO, VOCÊ É UMA TOLA... E PAGARÁ POR ISSO.

Evie se contorce. Estou sobre os ombros dela. Ela tenta responder ao monstro. Jogo minha mão sobre sua boca para detê-la. Ela cospe na minha palma. Que nojo!

Nós cambaleamos para a frente e para trás e batemos em um assento.

— Dirk, largue esse bastão! — eu grito.

209

Mas seu cérebro quase zumbificado não me ouve. Ele apenas continua segurando firme. Outro passo cambaleante, e então... CRUNCH! Evie pisa em uma figura de ação. Depois em outra.

— Você está destruindo seus bonequinhos personalizados! — eu grito. — ISSO NÃO PODE VALER A PENA.

Os lábios de Evie se torcem em um sorriso.

— Você está sentindo o cheiro? A energia no ar? Já é tarde demais, garoto...

CA-CA-BRUM!

Eu me viro e vejo um relâmpago preto saindo da tela. Ele ziguezagueia na direção do Fatiador, na direção de Dirk!

— ESTÁ COMEÇANDO! — grita Quint, mostrando seu relógio. — A essência de Ghazt vai viajar por esse fluxo de energia e entrará no Dirk. ESTAMOS QUASE SEM TEMPO!

Eu me agarro às costas de Evie. Minha mão cobre sua boca.

— Você pode voltar agora, Ghazt! Estamos bem aqui sem você! O raio não é mais necessário!

Mas o turbilhão na tela se intensifica. Esse monstro vai viajar para o corpo do meu amigo!

— Evie — eu rosno. — Quando tudo isso acabar, e se algum de nós ainda estiver por aqui, vamos ter uma conversa séria! Mas, agora, tenho que cuidar do meu amigo!

Dito isso, pulo das costas dela e corro pelo cinema. Desço por uma fileira, salto sobre um assento e depois cambaleio até o Dirk. Energia negra e calor irradiam do bastão. Andar em direção a Dirk é como andar para perto de um incêndio.

Eu vejo. Bem de perto.

Minha arma. O Fatiador.

É hora de pegá-lo de volta. Jogo minhas mãos em volta do cabo e...

O bastão treme e sacode nas minhas mãos. A energia oscila para a frente e para trás — um único fluxo que parece se mover nos dois sentidos: energia entra no bastão e energia sai, indo para o IMAX.

Olho para a tela e grito:

— Muito bem, estou com o bastão, por isso PARE COM TODAS AS ATIVIDADES MALIGNAS. EU CONTROLO A ARMA E DECLARO, HÃ, QUE VOCÊ NÃO É BEM-VINDO A ESTE MUNDO! E além disso... ALGUMAS PALAVRAS DE ṚEŻŻŐCH.

Eu não sei nenhuma palavra na língua do Ṛeżżőch, então, tento compensar falando, literalmente:

— PALAVRAS DE ṚEŻŻŐCH.

Mas não adianta.

Energia corre pelo bastão. Sou arremessado sobre um assento! E quando isso acontece, como estou segurando o bastão, eu puxo Ghazt. A energia é como uma corda, arrancando-o da tela.

— Hã. Gente... — eu grito. — COMO FAÇO PRA ELE NÃO ATRAVESSAR PRA CÁ?

Evie grita:

— PARE, SEU MOLEQUE IDIOTA! — Ela parece aterrorizada. — Se você o tirar de lá sem um receptáculo pronto para recebê-lo, se Ghazt passar pelo portal *de verdade*, como ele mesmo, o *mundo* inteiro vai entrar em colapso. É muita transferência de energia de uma só vez!

— Do que você está falando? — eu grito.

Mas eu *não consigo* soltar. O cabo trêmulo do bastão está, tipo, *preso* nas minhas mãos. Eu puxo, balanço e cambaleio para trás, pelo corredor.

E conforme perco o equilíbrio para trás, *vou puxando o monstro para fora da tela.*

Ghazt, em sua forma cosmicamente monstruosa, está sendo atraído para esta dimensão.

É como pescar, algo mordeu a isca, mas eu NÃO QUERO ESTE PEIXE de jeito nenhum. E Ghazt não se importa com todo mundo morrendo, explodindo, E o que quer que aconteça. Quero dizer, esse demônio imundo provavelmente nunca *viu Os Caça-Fantasmas.*

Só tenho uma opção.

Destruir o que começou tudo isso. Destruir o Fatiador.

Para Evie, é um artefato, apenas o primeiro passo em um plano de três passos. Para mim, é o meu bem mais precioso, mas isso não pode importar agora. Neste momento, as únicas coisas que importam são deter Ghazt e salvar o Dirk.

Busco dentro de mim todas as forças que me restam. E então...

Os raios PARAM. A arma está livre! Não está mais puxando Ghazt! Em um instante, Ghazt é atraído de volta para a tela.

Eu sou lançado para trás e caio de costas.

Fico ali deitado por um momento. Recuperando o fôlego. Olho para meu bastão. Ele NÃO foi destruído, mas surge uma rachadura: uma fratura estreita desce da ponta dele até a empunhadura. E da rachadura vem a escuridão... uma escuridão saindo e se derramando aos poucos.

— Mas que porcaria é essa? — eu me pergunto.
Então a tela do IMAX entra em erupção novamente.

ZZZ-CRAK!!

Raios negros disparam pelo teatro, cortando-o de fora a fora. É algo descontrolado! Indomável! Rachaduras irregulares surgem no teto.

Ouço um estalo tremendo, um *BUUM* monstruoso, e o Demolidor cai...

O Demolidor está com meio corpo enterrado! Seus olhos ficam vazios e ele *apaga*.

June se solta dele e grita:

— TODO MUNDO PRO CHÃO!

Ela passa correndo por mim, agarra o punho de Dirk e de alguma forma encontra forças para puxá-lo para trás de uma fileira de assentos. Eu mergulho atrás deles, encontrando Quint lá. Observo Evie se arremessar no chão do corredor.

O raio continua jorrando da tela! Indo, voltando, voando e zunindo! O chão está cheio de rachaduras e buracos.

— O Ghazt está procurando um corpo para entrar! — Quint grita.

Uma última e enorme onda de energia irrompe da tela e salta pelo cinema como um laser solto. E então...

CA-SLAM!

O feixe furioso colide com a primeira fila de assentos. Os assentos explodem.

E a coisa para.

Eu olho para a tela. Está voltando ao normal. A escuridão está desaparecendo. Apenas uma enorme tela branca.

Acabou.

Tudo está quieto.

Me levanto devagar. O cinema cheira a marshmallow queimado. A energia deixou rastros fumegantes e quentes, em ziguezague, no teto e nas paredes. É como se alguém com um sabre de luz tivesse feito aquilo. Um alto-falante cai. Bancos tombam.

Então ouço um gemido aos meus pés. Dirk!

— Então o Ghazt, hã... se foi? — pergunto. — De volta pra tela? E pra dimensão dele?

Quint levanta a cabeça, olha para mim e concorda.

— Acho que sim.

Olho ao redor, pelo cinema, e observo Evie. June segue meu olhar e, em seguida, resmunga:

— E o que fazemos com ela?

Mas antes que possamos fazer qualquer coisa...

BBBRRRRUUUUUMMMMM...

O chão do cinema está tremendo. Evie sacode a cabeça.

— Parece que o Ghazt encontrou um corpo para entrar, afinal.

Sinto o chão inchando embaixo das minhas botas. Se elevando. Sacudindo.

Tem algo lá embaixo.

Um pensamento terrível passa pela minha mente. Acho que sei qual foi o receptáculo em que o monstro entrou...

Capítulo Vinte e Dois

— Hã, Quint, amigão, *por que* mesmo você disse que eles fecharam este cinema?

Quint abre a boca para me dizer, mas enquanto ele faz isso, algo *atravessa* o chão. Cadeiras voam, gelo se quebra e um terrível bramido é ouvido.

Um rato.

Mas é um rato do tamanho de um ônibus escolar.

E não é simplesmente um roedor do tamanho de um veículo. Ele também é monstruoso. *Algo* aconteceu com ele...

Uma perna é de plástico retorcido. Um pedaço de seu rosto é gosmento. E está mastigando e engolindo algo...

— Ai, que nojo — June reclama quando entende aquilo. — São as figuras de ação da Evie!

Esse monstro, parte rato, parte figura de ação de plástico meio esticada e derretida, caminha em nossa direção, revelando-se completamente...

223

Os olhos de Ghazt são totalmente brancos. Uma energia vermelho-sangue dança sobre seu corpo. Ele sacode a cabeça, e gotas de eletricidade saem voando, como um cachorro se secando.

O monstro dá um passo à frente. Sua boca se abre bem pouco, mas não sai um silvo ou um rosnado, apenas palavras. Dirigidas a Evie.

— QUE CORPO HORRÍVEL É ESTE EM QUE VOCÊ ME COLOCOU?

Evie cambaleia para trás. Ela se segura em um assento no corredor para se firmar. Vejo sua mão tremer.

— Meu mestre! Ghazt. Me... me desculpe. É um, hã... *rato*. É um tipo de roedor. É... hã... é tipo o animal mais legal da Terra...

O rosto é parte rato e parte plástico derretido! Digna de vômito em jatos!

— MENTIRA! — eu grito. — TODO MUNDO ODEIA OS RATOS!

Ghazt dá uma olhada para mim. Fico quieto. Sua cabeça vira de volta para Evie.

"— POR QUE VOCÊ ME TROUXE PARA O CORPO DESTE ANIMAL? VOCÊ NÃO É DIGNA DE ADORAR REZZÖCH!

— Sinto muito! — ela grita. — Não quis decepcioná-lo! Foram essas malditas crianças...

Ghazt rosna

— VOCÊ FEZ ISSO! E VOCÊ PAGARÁ!

June sussurra:

— Caras, acho que essa é definitivamente a nossa deixa para irmos embora.

Passo o braço esquerdo de Dirk por cima do ombro. June desliza por baixo do outro braço. O presente novinho em folha no pulso dela mantém Dirk firme.

E enquanto Ghazt continua gritando e repreendendo Evie, a vilã fracassada, corremos do cinema para o corredor...

A energia, aqueles raios negros, acabou energizando o cinema e trouxe a energia elétrica de volta. Todas as portas das salas de exibição estão abertas. Conseguimos ouvir partes dos filmes. O tema da 20th Century Fox. Diálogos do trailer de alguma comédia de ação.

E o pior de tudo...

Zumbis. Eles estão cambaleando e saindo para os corredores.

A água em volta dos nossos pés está morna como xixi, como se corrêssemos em uma piscina infantil.

Uivos nervosos e de arrepiar os cabelos nos perseguem pelo corredor.

— Por aqui! — eu grito quando viramos na esquina do corredor

Todos tropeçamos, caímos e deslizamos pelas escadas rolantes molhadas. Sinto um tremendo calor no ar quando nos viramos para a enorme escada fixa à moda antiga que leva ao saguão.

Desço três degraus e paro.

A energia furiosa derreteu o gelo que mantinha os zumbis presos. Os mortos-vivos estão livres! O saguão está totalmente lotado!

Mais deles vêm cambaleando para fora do banheiro. E outros vêm da parte dos jogos eletrônicos.

Dirk paira sobre nossos ombros. Seu rosto está pálido, quase transparente, e, para ser sincero, está me *assustando*. Sei bem que não se deve julgar as pessoas pela aparência e isso é 110% verdadeiro e inteligente; mas, cara, olhar para o seu amigo quase morto-vivo é DURO.

— Ele tem que comer a parte de dentro do globo ocular! — Quint exclama.

— Eu sei, eu sei! — respondo.

Estamos cercados e presos pelo horror. Uma horda de zumbis à nossa frente e um monstruoso Terror Cósmico apenas um andar acima de nós. Mas nada é mais urgente do que Dirk comer o interior daquele olho.

Eu observo o olho. Não há tempo para abri-lo como um coco e fazer Dirk comer. Precisamos de uma solução mais rápida...

Meus olhos se concentram na placa giratória do GELINHO de Framboesa atrás do balcão da lanchonete. Eu amo essas raspadinhas geladas...

E no balcão também tem uma grande quantidade de canudos.

— POR AQUI! — eu grito, e então estamos correndo pelas escadas.

Estamos acelerando *direto* para braços do inimigo. Nossos pés espirram água no chão encharcado. Mergulho primeiro por cima da vitrine de pipoca e caio para o outro lado.

— Venham aqui pra trás! — eu grito. Estico as mãos, agarro Dirk pelo pulso e o puxo enquanto June e Quint levantam e o empurram.

Caímos todos atrás do balcão. É a nossa cobertura. Os zumbis marcham em nossa direção por todos os lados.

E acho que o Dirk ia gostar disso. É como um filme de caubói. Probabilidades impossíveis. Rodeados por um exército interminável de bandidos, os caubóis de chapéu preto. Ou algo assim. Não sei, eu gosto mesmo de ficção científica!

Olho para June e Quint. Eu vejo o medo no rosto deles. No semblante de Dirk... bom, não há medo, apenas uma expressão assustadora sobrenatural.

— O Dirk precisa tomar um pouco do conteúdo do olho — June fala.

— Eu estou trabalhando nisso! — Quint responde.

Ele começa a descascar o globo ocular como se fosse uma tangerina delicada ou algo assim.

— Não, Quint! — exclamo. — Não há tempo para descascar suavemente!

Pego um canudo dobrado e...

E então os zumbis estão em cima de nós! Esticando as mãos por cima do balcão, tentando nos pegar, nos agarrar! É uma total situação de uma Casa do Terror.

Ouço barulho de canudo sendo usado quando Dirk começa a beber. Olho para June. E mesmo com os zumbis chegando cada vez mais perto, há uma sensação. Aquela sensação de que *talvez* a gente fique bem onde está.

Porque surge um sorriso malicioso de heroína de ação no rosto de June.

— Jack — diz ela. — Vou aproveitar muito esse presente...

Ela levanta o braço, flexiona o pulso de novo, e a arma *ganha vida totalmente*. Todos os mecanismos instalados aparecem, absolutamente todas as armas...

Os olhos de June se estreitam.

O PRESENTE QUE CONTINUA DETONANDO!

— Feliz Natal, monstros...

— Está funcionando! — June grita quando uma explosão lança quatro zumbis para trás.

Mas então há um tremor grande acima de nós. Pedaços de poeira caem do teto. Suspenso do alto, há uma grande placa PIPOCA & BOMBONIERE. Letras grandes de plástico em uma fonte de aventura estilo Indiana Jones.

A coisa toda chacoalha.

E depois acontece outro grande tremor. Um passo monstruoso.

— Isso não é bom! — Quint grita. — É o Ghazt, bem acima de nós. Ele é muito pesado! — Quando Quint diz isso, as letras enormes caem...

— CUIDADO! — eu grito.

Mergulhamos para a ponta do balcão, longe do grande círculo interno de máquinas de pipoca e armazenamento extra de doces.

KRAKA-SLAM!

Parece um trovão atrás de nós. Sou jogado em um balcão de vidro. Vejo Dirk cair para a frente. O canudo é arrancado de sua boca.

A mão dele se abre.

Seus dedos se esticam.

É como se acontecesse em câmera lenta. Como uma bomba descontrolada em um filme...

232

O globo ocular rola pelo chão e desliza por baixo das pernas dos zumbis aglomerados. Para o saguão do teatro.

Eu olho para Dirk. Quint balança a cabeça.

— Ele não havia terminado — Quint explica.

Quero sair correndo e pegar o olho, mas não consigo nem *vê-lo* agora, porque os zumbis já se aproximaram completamente. Nós nos apertamos, nos aconchegando juntos. Mas eles estão vindo.

Por cima do balcão.

Para nos pegar.

Capítulo
Vinte e Três

Os zumbis estão em cima de nós! As vestes de Quint são rasgadas! Dentes se cravam nas ombreiras da June! Há uma boca pingando sobre o pulso de Quint. Mãos rasgando e abrindo minhas grandes calças brancas bufantes.

Então é isso.

Por fim, aconteceu... fomos vencidos pelos mortos-vivos.

Mas então...

O ar esquenta. Uma explosão de energia enche o saguão. Há um som oco... não *ouço* exatamente, mas sinto em meus tímpanos e, de repente...

Os zumbis são *jogados* para trás! É como se estivessem sendo puxados por cordas invisíveis!

Olho para meus amigos! June acena com a cabeça — ela está bem. Quint faz o mesmo: ele também está. Dou uma olhada em mim: nenhuma mordida de zumbi. Apenas alguns equipamentos danificados, só isso!

— Ei — começo a falar. — Uniformes de inverno ao resgate! ELES NOS SALVARAM!

Outra explosão de energia, e ouço zumbis sendo jogados contra as paredes distantes. Olho para o lado e vejo...

Warg nos disse que Ghazt podia controlar os zumbis e, olha, ela não estava brincando. Os zumbis continuam se movendo *para trás*. É como assistir a um filme de zumbis atacando em conjunto, mas exibido de trás para a frente. Quase consigo ouvir o barulho do filme voltando: *vrap-vroot-vwoop*.

Logo, os humanos mortos-vivos formam um círculo perfeito no perímetro do saguão. São cinco círculos de zumbis, como uma dança de escola, reunidos em torno da ação.

Ghazt dá outro passo, com sua pata da frente batendo no chão molhado do saguão.

E é aí que eu vejo.

O olho, bem no meio do saguão.

— Quint, June, vou pegar o olho. É a única chance do Dirk.

Eu pulo, ansioso, e me inclino sobre o balcão.

Evie me nota. Ela olha para baixo e vê o globo ocular aos seus pés.

— Você quer isso, não? — ela grita. Então se abaixa e pega. — Você pode ficar com ele... *se me proteger!*

Meus olhos se estreitam. Sinto a mão de June no meu ombro.

Olho para Dirk. O canudo no colo dele. Seus olhos estão enevoados. Ele está gelado e tremendo e eu só quero ajudá-lo.

Me levanto sobre o balcão. Tento fazer isso de uma maneira elegante e tranquila, como um herói de ação deslizando pelo capô de um carro, mas, em vez disso, bato meu joelho, tropeço e caio para a frente.

Água do chão espirra no Fatiador. Não tenho certeza, mas tenho a impressão de ouvir taco e a água chiarem...

— Evie — falo. — Jogue o olho, ou não vou dar nem mais um passo na sua direção.

Evie pensa. Hesita. Então joga.

E eu não pego.

Quint pega.

E num instante, Dirk está com os lábios de volta no canudo, sugando a gosma bondosa restante do globo ocular.

Eu caminho pelo carpete encharcado. Sinto Ghazt me observando quando entro na frente de Evie. O coro dos zumbis gemendo está em potência total.

Os olhos estranhos e animalescos do Ghazt se estreitam. Me examinando. Me conhecendo. E eu faço o mesmo.

Meus músculos estão tensos. Meus joelhos tremem. Tenho certeza de que Ghazt percebe meu medo; mesmo assim, não vou deixar esse monstro pegar a humana.

— Não posso — declaro.

A cauda de rato do monstro se enrola e balança. Ghazt se aproxima.

— ELA É SUA INIMIGA.

— É. — concordo com a cabeça. — Mas... Mas... bom, eu não tenho mais nada pra falar. Só sei que não posso deixar você, tipo, devorá-la. Ou o que for fazer com ela.

Seu lábio de roedor se curva em um rosnado. Ele me olha de cima a baixo e depois se concentra no Fatiador.

— ENTÃO ESTE É O ARTEFATO, CERTO? ELE MATOU UM SERVO CÓSMICO? NÃO PARECE GRANDE COISA...

E naquele instante, com um rosnado repentino...

A cauda de rato de Ghazt estala, suas mandíbulas rangem, ele avança e...

O Fatiador corta o bigode monstruoso como uma faca quente na manteiga. Metade de um bigode cai no chão.

Vejo a arma brilhar com uma energia *escura*.

Ghazt recua.

— Hã, olha, eu sinto muito — falo. — Espero que você não seja muito ligado àquele bigode. Quero dizer... bem, obviamente, você era ligado a ele porque estava saindo do seu rosto, então... foi uma escolha ruim de palavras. Foi mal. Eu quis dizer...

— **REARRRRCH!** — O grande monstro rato uiva e pula em minha direção.

— Aahh! — eu grito e começo a fugir. — EU SINTO MUITO! Só quis dizer, tipo, que o bigode não significa muito pra você! Você só tem bigodes há sete minutos, então...

— Jack, cale a boca e tome cuidado! — June grita atrás do balcão. — PATA!

Eu mergulho bem quando as enormes garras de Ghazt cortam o ar.

— OBRIGADO, PARCEIRA!

Meus pés estão chapinhando enquanto corro pelo saguão. Não é fácil superar um monstro gigante quando você está preso dentro de um círculo de mortos-vivos. Um zumbi bate no meu ombro. Viro o tornozelo e eu perco o equilíbrio no meio da arena.

Neste momento, a pata de Ghazt vem em minha direção e...

Estou voando pelo ar direto para os braços dos zumbis, mas então...

VUUUSH!

Os poderes mentais de Ghazt empurram os zumbis de lado, abrindo caminho para mim. Eu bato com tudo na grande máquina de "faça seu próprio refrigerante". Uma dúzia de sabores começa a jorrar. Uva. Cereja com baunilha. Coisas alaranjadas. A água com gás borbulha e chove em mim como um banho pegajoso.

E chove sobre o Fatiador.

Minha arma chia e um vapor sai dela.

Os olhos de Ghazt piscam olhando o Fatiador.

Tem algo nele que faz com que o monstro hesite.

O pelo grosso e cinzento do rato monstruoso se arrepia. Suas feições plásticas e estranhas tremem.

Eu percebo: ele está assustado.

O Fatiador o assusta.

E o que quer que assuste Ghazt, também me assusta. Porque também percebo que minha arma mudou.

Está sombria e queimada. Mesmo através das luvas, sinto que o cabo está quente. É como se estivesse irradiando uma energia que eu não compreendo.

— Não entendo bem o que está acontecendo aqui — começo. — E não sei que coisas más você planeja fazer, mas sei o seguinte: eu e meus amigos faremos tudo o que pudermos para te impedir.

E com essa fala eu ataco.

O ar gira. Ventos estalam.

A energia negra sai da minha arma. Um amplo arco marrom paira no ar e sinto cheiro de fumaça e fogo.

A cauda de Ghazt sacode. Ele rosna, depois recua, uivando alto, e...

Minhas mãos tremem. O Fatiador está *diferente*. Ele tem um novo poder por causa do que aconteceu. Levanto minha arma, e Ghazt recua novamente. Eu a levanto mais alto, e os zumbis sofrem um *solavanco* como se um choque elétrico os tivesse atravessado.

Ghazt de repente parece fraco e esgotado. É como se toda a força da invocação interdimensional o estivesse atingindo de repente.

Ele olha para Evie.

— ALGO NÃO ESTÁ CERTO.

— Eu... me desculpe — ela balbucia.

Ele desaba na água.

— EU DEVERIA DESTRUÍ-LA POR ESSE ULTRAJE.

Há um momento calmo e silencioso como se, pela primeira vez, esse Terror Cósmico examinasse verdadeiramente o ambiente ao redor e o lugar para o qual ele tinha sido chamado. Ghazt levanta uma pata. Olha para ela.

Ele observa ao seu redor o cinema todo destruído... e depois olha pelas janelas quebradas, para a paisagem em ruínas do fim do mundo.

E então, finalmente, de volta para Evie.

— VOCÊ TEM SORTE. SUA DESTRUIÇÃO NÃO ACONTECERÁ... POR ENQUANTO. ESTE MUNDO É NOVO PARA MIM. MEU CORPO ESTÁ FRACO. HÁ ALGO ESTRANHO EM JOGO AQUI. VOCÊ ME AJUDARÁ.

— Eu vou? — Evie pergunta.

— SIM. AGORA ME LEVE DAQUI. PARA LONGE... — Ele faz uma pausa e olha para mim, para meus amigos e para o Fatiador. — ...PARA LONGE DISSO TUDO...

Evie fica lá parada por um momento constrangedor. Ela olha a enorme criatura de cima a baixo.

— Hã, *levar o senhor*. Certo. Eu vou... posso tentar, hã...

Ela agarra o rabo dele e puxa. Não funciona. Ela coloca um ombro ao lado dele, tenta empurrar, grunhe e falha. Se não fosse a coisa mais louca que eu já vi, eu daria risada.

Ofegante, ela diz:

— General, o senhor é um pouco grande...

A cauda enrolada do monstro sacode. Um ar quente passa por mim. Então...

WHOOMP!

O mesmo barulho... a mesma explosão de energia no ar. Aquela coisa oca. Eu giro horrorizado, enquanto todos os zumbis avançam cambaleando. Evie olha para mim, de repente muito orgulhosa de si mesma.

Todos os zumbis agem *juntos*. Toda a multidão de mortos-vivos, em uníssono, agarra o rato. Eles o levantam... e seus gemidos são estranhos e estrondosos. Seu exército zumbi o conduz pela frente destruída do cinema.

Evie fica ali parada, observando Ghazt.

— Posso montar no senhor?

Ghazt rosna.

— NÃO! RECUPERE MEU BIGODE! — ele grita para Evie.

— E depois vou poder montar? — Evie insiste.

— TRAGA! AQUELE! BIGODE! ESTÚPIDO! SUA TOLA!

— Desculpe, general! Sim, general! — Ela rapidamente pega o bigode e corre atrás dele. O exército dos mortos-vivos carrega Ghazt embora, através da neve branca e lamacenta. A última coisa que vejo, em meio à horda, é Evie. Ela se vira para trás e olha nos meus olhos. E então sorri um sorriso malicioso...

Ela sorri porque *venceu*. A Cabala Cósmica prevaleceu.

Pela primeira vez, eu e meus amigos perdemos. Não paramos nada. Não impedimos nada. Não salvamos nada.

Um som alto de *SLUUURRRRRP* faz minha atenção se voltar para o quiosque de vendas. É Dirk, ainda sugando o canudo, fazendo barulho como se estivesse tomando o finalzinho de um milk-shake.

— EI, AMIGÃO, VOCÊ ESTÁ BEM? — eu grito e corro até lá.

Ele parece cansado, seus olhos estão atordoados e enevoados, mas Dirk levanta a cabeça e olha para mim.

Dirk concorda com a cabeça, sorri e então seu rosto se contorce. Ele está olhando para o olho enrugado em sua mão.

— Pessoal... por acaso eu, hã, acabei de tomar o que tinha dentro desta coisa?

Quint sorri!

— Sim, você tomou!

Dirk pensa naquilo por um instante, e então diz:

— Legal.

Eu estava errado. Nós paramos *algo*, sim. E nós salvamos *alguém*.

Nosso amigo.

E para o momento isso é suficiente.

Bem nessa hora, ouvimos... patas barulhentas! É Rover trazendo a Mama Neve em nossa direção.

— O Trenó Big Mama! — Dirk exclama. — Vocês acharam? Ah. Então vocês... então vocês viram meu cartão. E sabem que... eu não posso ir com vocês. Para Nova York.

Há um longo silêncio.

Apenas um mês antes, lutamos para entrar em contato com outros humanos. E o sinal de rádio chamava pessoas, qualquer pessoa, para a cidade de Nova York. Mas parece que isso aconteceu há muito tempo...

Foi antes de sabermos que havia humanos que tinha conhecimento sobre Ṛeżżőcħ, Ghazt e os Terrores Cósmicos. Agora nada parece seguro. Quero dizer, não é que eu ache que há, necessariamente, um grande grupo de amantes de Ṛeżżőcħ escondidos dentro da Estátua da Liberdade, nos esperando com uma emboscada. Mas é mais como... como se eu realmente pudesse confiar *apenas* no que conheço. E eu *conheço* meus amigos. E é isso.

— Eu também não vou — diz Quint. — Somos os únicos que sabem da chegada de Ghazt. Agora há uma nova escuridão. Há um inimigo. Ele está ferido, mas por quanto tempo?

Percebo que estava olhando para o chão esse tempo todo. Levanto a cabeça e olho para June. Uma lágrima desce por sua bochecha. Engulo em seco... e digo uma das coisas mais difíceis que já tive que falar na vida...

Aquilo fica pairando no ar. Não pedimos nada disso, mas agora somos parte de algo. Algo grande. Algo maior até do que, tipo...

— Natal! — June exclama, pulando de pé. — É oficialmente Natal!

— E quase não teve presentes... — falo. — Mas podemos levar a sobremesa pra casa! Olha todos esses doces de cinema aqui! Vamos pegar umas caixas e colocar no trenó. Quero dizer, agora ele tem uma *vibe* de Papai Noel.

E logo...

Voltamos à cidade como heróis de Natal triunfantes e presenteadores! Rodamos pela cidade parando para pegar algo para o Dirk beber (principalmente para tirar o gosto do globo ocular da boca) e conseguir alguns presentes de última hora.

Está nevando quando chegamos. Flocos pesados atingem a cidade, mas os monstros não estão mais assustados.

Eles estão felizes em nos ver.

Bardo me puxa de lado.

— Você está bem... — Ele meio que afirma, mas também parece que está perguntando.

Eu concordo com a cabeça.

— Estou. Nós estamos. Mas o Ghazt? Cara, as coisas são *sérias*. E grandes. Grandes coisas estão vindo aí...

— Eu presumia — ele comenta. — Temos muito o que fazer. Seu mundo está ficando instável. Inclinando-se no eixo.

Ceeerrrto. Sim, isso parece ruim. Mas antes de abordarmos o assunto, Dirk vem andando pesado até nós. Ele tropeça em mim, rindo, jogando um braço à minha volta. Ele está feliz bebendo uma caneca com o chocolate quente mais grosso que já vi.

Ele está feliz.

Em êxtase.

Imagino que é a expressão de um garoto que foi mordido por um zumbi, ficou tipo uns 99%

zumbificado e então foi arrancado de volta da iminência de virar um morto-vivo.

É um sorriso enorme.

— Ei! — ele exclama de repente. — Nós não chegamos a fazer a *minha* tradição de Natal.

— Qual é? — June pergunta. Ela e Quint chegam perto de nós, comendo carne seca desidratada.

— Devemos fazer agora! — diz Quint.

— A *Batalha Natalina do Rei do Morro*! — Dirk fala. — Eu tinha pensado que ficaria sozinho, lá em cima do morro, detonando até o último ser em pé. Mas, sabem como é, acho que quero vocês três ao meu lado.

Quint, June e eu sorrimos e, momentos depois, estamos no topo do maior monte de neve da Praça Central. Dirk está de costas para mim. June e eu estamos ombro a ombro. Ouço a respiração do Quint ao meu lado.

E tem algo nisso...

Eu começo a rir. Quint é contaminado e também ri. June está completamente histérica enquanto estamos todos lá em cima, nos sentindo bem, vivos, com Dirk gritando:

— PODEM VIR!

Nossos amigos monstros atacam. Enquanto espero que eles cheguem até nós, vejo um piscar ao longe. Velas de Natal, sendo acesas.

É a fazenda de árvores de Natal.

Warg.

Ela entrou no espírito natalino. Talvez ela venha até aqui embaixo. Ou talvez nós a visitemos. Estamos devendo um presente a ela. Algo bom. Pois ela nos deu o maior e melhor presente de todos.

Dirk.

O grande brigão.

O grande brigão que nos ordena *"SE PREPAREM!"*, e tentamos não rir mais quando os monstros chegam perto...

Agradecimentos

Como sempre, o maior obrigado possível a Douglas Holgate por dar às minhas anotações vagas e ideias imprecisas uma vida bela, deslumbrante e monstruosa. Leila Sales, minha editora inabalável, não posso agradecer o suficiente. Jim Hoover, por projetar, projetar, reprojetar e depois projetar um pouco mais. Você é muito apreciado. Bridget Hartzler, minha assessora de imprensa que sempre chega chegando, você é demais. A Abigail Powers, Krista Ahlberg e Marinda Valenti, obrigado por manter a série livre de erros de digitação.

Erin Berger, Emily Romero, Carmela Iaria, Christina Colangelo, Felicity Vallence, Kim Ryan e todos os outros nos departamentos de marketing e divulgação da Viking, obrigado por acreditarem nesta série e por levá-la a dar sempre um passo além, repetidamente. E nem é preciso dizer: Ken Wright, por todas as coisas. Robin Hoffman e todo o pessoal da Scholastic, pelo seu apoio sem fim. Dan Lazar, na Writers House, por tantas coisas, muitas para mencionar. Cecilia de la Campa e James Munro, por ajudar Jack, June, Quint e Dirk a viajar pelo mundo. Torie Doherty-Munro, por sempre ter sido paciente e atender minhas ligações irritantes! E Addison Duffy e Kassie Evashevski, por ajudarem a levar isso além. Matt Berkowitz, obrigado por suas intermináveis anotações, pensamentos e por ler e ler quando você já tem muitas outras e melhores leituras para fazer.

E obrigado à minha família maravilhosa: Alyse e Lila. Vocês fazem tudo valer a pena.

MAX BRALLIER!

(maxbrallier.com) é o autor de mais de trinta livros e jogos. Ele escreve livros infantis e livros para adultos, incluindo a série *Salsichas Galácticas*. Também escreve conteúdo para licenças, incluindo *Hora da Aventura*, *Apenas um Show*, *Steven Universe*, *Titio Avô*, e *Poptropica*.

Sob o pseudônimo de Jack Chabert, ele é o criador e autor da série *Eerie Elementary* da Scholastic Books, além de autor da graphic novel best-seller número 1 do *New York Times Poptropica: Book 1: Mystery of the Map*. Nos velhos tempos, ele trabalhava no departamento de marketing da St. Martin's Press. Max vive em Nova York com sua esposa, Alyse, que é boa demais para ele. E sua filha, Lila, é simplesmente a melhor.

Siga Max no Twitter @MaxBrallier.

O autor construindo sua própria casa na árvore quando criança.

DOUGLAS HOLGATE!

(skullduggery.com.au) é um artista e ilustrador freelancer de quadrinhos, baseado em Melbourne, na Austrália, há mais de dez anos. Ele ilustrou livros para editoras como HarperCollins, Penguin Random House, Hachette e Simon & Schuster, incluindo a série Planet Tad, *Cheesie Mack*, *Case File 13* e *Zoo Sleepover*.

Douglas ilustrou quadrinhos para Image, Dynamite, Abrams e Penguin Random House. Atualmente, está trabalhando na série autopublicada *Maralinga*, que recebeu financiamento da Sociedade Australiana de Autores e do Conselho Vitoriano de Artes, além da graphic novel *Clem Hetherington and the Ironwood Race*, publicada pela Scholastic Graphix, ambas co-criadas com a escritora Jen Breach

Siga Douglas no Twitter @douglasbot.

CONFIRA OS OUTROS LIVROS DA SAGA!

Acesse o site www.faroeditorial.com.br e conheça todos os livros da série.

TheLastKidsOnEarth.com

ASSINE NOSSA NEWSLETTER E RECEBA INFORMAÇÕES DE TODOS OS LANÇAMENTOS

www.faroeditorial.com.br

ESTA OBRA FOI IMPRESSA EM MAIO DE 2023